回家

PAX

JOURNEY HOME

莎拉·潘尼帕克　著
SARA PENNYPACKER

雍·卡拉森　繪
JON KLASSEN

黃筱茵　譯

目次

狐狸的溝通方式包含了發聲、姿勢、動作、氣味與表情整個複雜的系統。
文中以標楷體寫下的「對話」，是我嘗試為狐狸佩克斯翻譯出的動人話語。

獻給唐娜布雷，謝謝妳，將狐狸們照顧得這麼好。

——S. P.

佩克斯奔跑著。

他總是在奔跑——最後一次被關在籠子裡已經過了快一年，他的肌肉還是忘不了當時鐵絲網的金屬觸感。

不過，今天早晨的奔跑不一樣。今天早晨，這隻狐狸奔跑，是因為在堅實黯淡的森林地面下，在最幽深的松木樹蔭覆蓋的雪塊底下，在點綴著小水坑的冰片下面，他聞到了——是春天。新生命一一湧現——從樹皮、花苞，以及洞穴裡湧現，而他唯一可能的回應就是——跑吧。

突然，他停下腳步。有兔子。

布莉索近來總是覺得餓。

佩克斯追尋那個氣味，找到了兔子洞。幾小時前才被棄置的，裡頭有兩隻幼崽的屍體，一隻已經死了很多天，另一隻前一天晚上才死掉。

這段時間以來，佩克斯已經第三次發現死掉的幼崽了。第一次，在一個田鼠洞裡發現一整窩死掉的小田鼠。他將最新鮮的那隻屍體帶回家，可布莉索只是厭惡的皺起鼻子。

第二次，他發現一個花栗鼠窩。布莉索再度拒絕吃死掉的幼崽。所以這次佩克斯知道自己不必再帶死兔子幼崽回去了。不過他突然覺得很疲憊，便轉向他、布莉索和朗特占據的廢棄農場。朗特在上一個居所失去了腿以後，他們就到這裡來了。

沒看見布莉索，可是她就在附近。他沿著布莉索的足跡，來到一間舊小屋。小屋的臺階下已經鑿了一個洞，四處散布著不久前刨開的泥土。佩克斯跟隨她的氣味進到小屋裡。

布莉索蜷縮在這個新巢穴的後方，鮮亮的毛皮上都是砂礫。她對伴侶睜開一隻睏倦的眼睛，隨即又用腳掌遮住自己的臉。

佩克斯摸不著頭緒。早晨的空氣已經變暖，也聞不到任何暴風雨的威脅。更令他不解的是——洞穴裡有一絲從來沒聞過的氣味，聞起來像他自己的味道，也是布莉索的味道，但又不完全是。

他用鼻子輕觸布莉索的頸部，要她聞一聞。**有新的氣味？**

對，新的味道，我們的。

佩克斯還是不懂。

布莉索翻了一下背，伸展她圓鼓鼓的腹部。**是小寶寶們。就快了。**接著，她又回到乾淨的沙子上，將身子縮成一團。

佩克斯望著她的每一次呼吸，直到她睡著為止。

他退到洞穴外，發出一聲呼號。

他開始奔跑。這一次，他奔跑是因為如果不奔跑，他的心就要爆開了。

2

彼得趴在地板上，感到困擾，用手拂過起伏的表面。佛拉說這些木板夠平了，他可以開始打磨，可是彼得希望完工時佛拉看到的地板是完美的，不只是夠平而已。

他調整刨子的轉輪，直到刀片薄到能刨下紙張般的厚度。他也可以一口氣刨厚一點，可是一層一層薄薄的削會更好。

搭蓋小屋時學到的所有技巧中，彼得最喜歡設計，是整個過程中最棒的一環。使用刨子必須運用肌肉，一點也不像用螺絲起子那樣，必須運用整個身體的力量才有辦法操作。這是男人用的工具，不是給男孩用的。

他將刨子靠在木板尾端，右手握住把手，支撐身體的重量，再用左手引導水平儀向前。從鄰居穀倉救出的百歲黃松木就這樣一層層刨落，空氣中充滿了切割木頭的爽脆氣息。彼得真喜歡木頭這種隨時能重新來過的特質，還有木頭是這麼的……

突然，刨子被一截樹瘤卡住。彼得原本推著刨子的手碰到了樹瘤，削掉了自己手掌上一層皮。

他跌坐在地，發出咒罵。什麼時候才學得會？樹結原本就是這樣——鬼鬼祟祟，躲藏在表面下。鮮血湧出，沿著他的手腕滴落，這個詞語驟然冒了出來：**血汗**。這間小屋到處灑滿了他的汗水，加上一點點血跡實在不足為奇。他靠在木板上，火紅色的血滴著，血跡看來就像是狐狸的尾巴。

彼得猛然抽回手，記憶如此搥打著自己的心房，他感到驚訝。去年，他回到被迫拋棄自己的寵物狐狸佩克斯的地點，旅程中，他在小腿肚上劃了一刀，用腿上狐狸尾巴狀的血痕立下誓言：**我會為你回來**。

他將傷口按在胸口正中央。記憶是如此狡詐，永遠潛伏在表面之下，不留神的時候便在你心上劃開一道口子。

他明白該怎麼處理。事實上，這是他先前想出的一種懺悔方式。每次像這樣不小心想起佩克斯的時候，就會讓自己重複同樣的練習，最好立刻就做。

彼得閉上眼睛，讓腦海裡重現他在路邊發現死掉雌狐的那個午後。他仔細回憶每個步驟：他拾起僵硬泥濘的屍體，努力尋找埋葬的地方，他在一座石牆邊找到一塊沙地，用靴子挖出一座淺淺的墳墓。

每次想到這裡，胸口就會緊縮，他繼續回憶怎麼找到狐狸洞穴的入口。現在他連呼吸都會疼痛了，卻還是強迫自己召喚當時的場景：三隻死掉的幼崽，還有一隻渾身發抖的倖存者。

他將手伸進洞裡，舉起那隻還活著的幼崽——是一隻公的，男生小狐狸。彼得將縮成一團的小狐狸抱在胸前，原來他的胸口一直都有個空洞，現在被填滿了。可是現在，為了懺悔，他重新接了另一段不同的場景——爸爸的聲音，告訴他應該怎樣處理。

「牠應該跟其他家人一起死掉，讓牠毫無痛苦的死掉才是對的。」

彼得抱著小狐狸寶寶，憤怒得不得了。「太遲了，」他喊著。「我要養他！」

爸爸非常火大。可是從他的表情裡，也許是這輩子第一次——彼得看見了尊重。

現在他知道，當時爸爸才是對的。他早該終結佩克斯的悲慘遭遇才對，這樣也不會釀成五年後他與佩克斯的痛苦。

他要完成懺悔。不再往內心探看，而是想像自己從牆頭拔下一塊沉重的石頭，堵住洞穴入口。接著，他會立刻走開，永遠不往回看。

就這麼做吧。走開。別回頭。

這樣就可以避免後來所有的傷痛。

彼得讓腦子重複了這樣的順序兩次。他在書上讀過，需要三次，才能重新校正你的大腦。

懺悔有效，他愈來愈少想起佩克斯。如果可以不要看到佛拉的浣熊，他就有辦法連著好幾天不想起自己曾經養過寵物。

他起身移開刨子。傷口已經不再流血，可是他會停下來一陣子。不能讓記憶有機可乘。

他從角落的容器拿出一塊帆布，在容器裡堆了乾苔蘚、柴爐裡的灰燼，還有黏土漿，又加了一點水進去，直到拌好粗漿為止。接著，彼得將一些粗漿用抹刀舀進桶子，開始填補北邊木牆間的縫隙。

他一面工作，一面欣賞小屋。他從九月就決定要蓋小屋了，第一天放學回來，彼得將書本攤在佛拉廚房桌上，就察覺當時的情況有多窘迫。佛拉的小屋對她來說很完美，可是兩個人住實在太小了。彼得需要多一點空間、一點隱私，佛拉協助彼得設計一個可以睡覺和讀書的地方。只需要三、四坪——大小正好夠放一張床、一座衣櫃、一組桌椅，如此簡潔，彼得很滿意。

彼得自己砍樹，鋸妥長度、切割凹痕。他砍下每一根椽和樑、安裝屋瓦、塗上焦油。上星期，他在資源回收場找到三扇窗戶和一扇門，用爺爺每個月寄給他的錢買下來，明天放學後，他就可以裝好門窗了。

鄰居幫忙抬原木，放到合適的位置，不過所有其他工作都是彼得獨立完成。當然啦，佛拉會在過程中指導，可是她幾乎不親自動手。那是他們的約定——彼得想完全靠自己的力量蓋好，而佛拉尊重這一點。彼得喜歡她對人的這種尊重。

就在這個時候，彷彿他剛剛呼喚她過來似的，彼得看見佛拉沿著小徑走來。她看起來不太自在，拚命調整自己的裙子，好像還不太習慣在她上圖書館的日子打扮。

佛拉站在彼得為她在門口堆的煤渣塊上，敲了敲一塊原木──她已經適應義肢了，可是太高的階梯還是很不方便。彼得喜歡她的另一個原因：她很尊重他的空間。

彼得鋪了一塊防水布，遮住還沒完工的地板，招手請佛拉進屋。「今天還好嗎？」

佛拉露出微笑。「威廉斯家那個小女生快逼瘋我了，不過她好喜歡木偶呢。碧雅要我向你問好，她訂了那本你想要的，關於樹的新書，所有跟樹有關的書你大概都讀過了吧。噢，還有，我差點忘了，有人在布告欄上貼了張『幼犬招領』的告示。是拉布拉多和西班牙獵犬的混種。我在想啊……」

彼得的呼吸變得急促，他轉過身去。「不要。」這下子佩克斯又進入他腦袋裡了。他拿起抹刀。「我得繼續工作才行。」

「我只是在想，等你開始在這裡打發時間的時候，有個伴也很不錯啊……」

「不要！」彼得聲音裡的尖銳嚇了自己一跳。

佛拉後退了一步。「好吧，確實太快了，我懂。」

彼得懷疑佛拉是不是真的了解，因為就連自己都不怎麼理解。他只知道再養一隻寵物的念頭讓他呼吸困難。

佛拉露出讓步的微笑。

彼得點點頭，在牆上抹了一道泥漿。他希望佛拉離開。他得立刻進行懺悔儀式才行，否則記憶又會生根。彼得沿著原木抹平泥漿。

佛拉的微笑消失了。「我昨天跟你說過，不要封這麼密。」

彼得咬了咬嘴脣，繼續在一道厚厚的裂口上塗抹泥漿。「這樣才能防寒啊。」

「這樣也會隔絕空氣與光線。」

彼得用力封住縫隙。

「小子，缺少光和空氣，人會死。」佛拉低聲說。

「我知道，」彼得沒有抬頭就說：「太冷，也會要人命。」

3

佩克斯來回踱步。

上星期，天氣很溫暖，可是今晚午夜的空氣因為結霜而閃爍著光芒。滿月吸引著他，只是布莉索占據了他所有注意力。

她在薄暮時分進入棚子底下的洞穴，左右搖晃著肚子。佩克斯聽見她在洞裡繞圈圈，試著找地方安頓下來，又聽見她用爪子扒著地面，接著又在洞裡繞來繞去。他一度在聽見她使勁喘氣時探頭進去，可是布莉索對他低吼。*別進來。待在附近。*

從那之後，他就守在棚子周圍和寬廣的圓形草地前，碧綠的草地四處竄出新芽。幾個小時過去，佩克斯沒發現任何闖入者，不過現在他聽見一個熟悉的腳步聲向這裡靠近。

布莉索的弟弟朗特去年春天失去了一隻腳，就以一種奇特的三腳翻滾方式移動。不過，他已經成了技巧高超的狩獵者，他的眼睛和耳朵似乎都變得更敏銳，彌補了速度的不足。此刻他從灌木叢後方現身，下巴叼著一隻肥滋滋的鵪鶉，放在洞穴入口。

朗特的耳朵因為洞裡窸窸窣窣的聲響抽動了一下。

佩克斯還來不及警告，朗特就突然彎腰進到洞裡。佩克斯聽見嘶一聲，幾秒後，朗特就踉蹌著退了出來，還發出哀號。他偷偷溜到一段安全距離以外，啪噠一聲倒臥在一棵橡樹邊。

佩克斯跟著朗特，在他身旁躺下來。朗特把尾巴蜷在嘴前方，閉上眼睛，可是佩克斯還是保持警戒，將目光投向洞穴方向。在布莉索叫他以前，他不會再嘗試進入洞穴。畢竟他見識過她的利齒了，可是他明白自己今晚必須守護她。

當曙光開始點亮天空時，一陣鮮血的氣味飄了過來。

佩克斯飛奔到洞穴旁。

冷冽的空氣中升起一股溼潤的熱氣。鮮血的氣味並非來自傷口，也並非由於死亡。這是生命的鮮血在搏動，清新無比，就像在呼喚他。

佩克斯衝進洞穴。

布莉索舔著三個扭動的小身體。幼崽的膚色比較深，滑溜溜的。適應了黯淡的光線後，佩克斯看見從軟軟的毛皮中伸出小小的腿。小小的粉紅腳掌蜷縮著，小小的粉紅鼻子蠕動著，還有小小的粉紅耳朵，嶄新的生命抽動著。

布莉索發出呼嚕呼嚕的聲音。**我們。安全了。**

佩克斯倒在地上，環抱著他的家人。三顆小小的心在他心上跳動著。**安全了。我們。**

4

「我決定了。」

彼得的爺爺惱怒的咕噥一聲，將目光飄向電視上方。「決定什麼？」

「骨灰啊。我要帶走骨灰，長官。」

老人的眼睛瞟向柴爐上方，壁爐架上放置的紙箱。

紙箱旁擺著四張裱框的相片，彼得有記憶以來，那幾張相片始終在那裡。第一張相片：爺爺十八歲，穿著軍服，與彼得從來沒見過的曾祖父母一塊兒神情驕傲的佇立在門邊。下一張：爺爺跟彼得沒什麼印象的奶奶結婚了。第三張相片是一對夫妻對著一個嬰兒微笑，這個嬰兒就是彼得的爸爸。最後一張相片是彼得自己：一個大耳朵的小男孩穿著西裝，站在爸爸媽媽中間，旁邊是爺爺。這四張相片就像一直要你相信它們背後未必真發生過的故事——爺爺的生命裡是有家人的。

爺爺瞇起眼睛，彼得知道他正在衡量自己說要帶走骨灰的事。誰應該擁有一個人最後僅剩的東西？這個人的父親？還是兒子？彼得將身子挺高了一些。

老人旋轉著破破爛爛的搖椅，翹起穿著靴子的腳。他調低電視音量，讓運動節目主持人在寂靜中瘋狂的比劃著手勢。「你想怎麼處理骨灰？」

「跟我媽放在一起，回歸她的墳墓。」彼得直視爺爺的眼睛，他平時大多盡量迴避這個動作，因為從爺爺眼中看見自己的倒影向來不怎麼樣。

他讓自己的視線顯得更堅定一

點。這是他欠媽媽的。最近他總是感覺到莫名的罪惡，彷彿她想要什麼，卻一直無法如願。將骨灰送到她身邊——一定就是答案了。

老人動動嘴巴，想提出什麼見解似的，接著，他往下望著椅子的扶手，用大拇指的指甲摳著一小塊已經乾掉的食物。彼得知道自己贏了。

「很公平。」爺爺說：「你啥時出發？」

「學校一放假就出發。今年很早放假，這樣學生就可以參加青少年水……」

「我知道，水戰士。真是笑話，一群做好事的人，跳來跳去，想假裝成真正的軍人。」

彼得不認為。他和佛拉一樣，覺得那正是該做的事：重新檢視訓練與設備的目的，用軍方的力量來修復戰爭造成的傷害。青少年水戰士感覺是個好主意——號召青年幫忙清理水源。不過他咬住自己的嘴脣沒有開口，他想要回骨灰。

爺爺呻吟著用力起身，走到壁爐架旁，但不是拿起紙箱，而是從紙箱下面抽出一只棕色信封。「這封信寄來了，拖得有夠久。」

站在房間對面，彼得認出軍方的標誌。「噢，他們判定了……」他沒再繼續，用力吞口水。「死亡的原……」

「的確是。你想知道嗎？」

彼得準備點頭，可是老人臉上的表情讓他僵住了。爸爸不是以戰爭英雄的身分死去，夠明顯了。軍方知道了什麼，否則不會當作大祕密拖延了長長的六個月？他在基地被敵軍一百六十幾公里外的迫擊砲打中，不過那是他們被告知的理由。沒有獲得最終答覆好像讓事情顯得不那麼真實，彼得可以接受這種狀態。「不，我不想知道。」

「也許你想。對，也許你需要讀讀，你爸是因為太愚蠢死掉的。」爺爺越過房間走到彼得這邊，彷彿威脅他似的，猛然將信封推到彼得面前。「讀讀裡頭寫了什麼，讓你自己學會一個教訓。」

彼得把信封推開。「他在戰爭的時候死了，就這樣。」他在學校早就這樣告訴所有人，他已經習慣這個說法了，戰爭時永遠都有人死去，不需要什麼細節。

「隨你便，那你就不要讀。不過，聽我說，別跟其他人靠太近。」

「是的，長官。別擔心，我不會。」

「別心軟。懂了嗎？」

「是的，長官，我懂了。」彼得走到壁爐架旁，拿起箱子。箱子比看起來還重，可是承接了一個大男人留下的全部，感覺上還是太輕了。彼得把箱子夾在腋下，二頭肌收得緊緊的，走到門邊。「我最好趕快回佛拉家，天色愈來愈暗了。」

「等一下。」

彼得停下腳步，一隻手擱在門把上。說不定爺爺決定跟他一起去灑骨灰，那樣也好。自從他選擇跟佛拉住以來，爺爺每次望著他的樣子，就像想對他吐口水，也許他們可以在這樣的旅行中修補關係、更了解彼此一點。如果爺爺想一起去，他會說好。

可是不是這樣。爺爺走到他身後，將什麼東西塞進他的背包。「這個也帶走。」彼得看都沒看就知道是那封信，他之後會丟掉。彼得轉動門把，可是爺爺的話還沒講完。

「人很狡猾，你永遠都要提防。」

「是的，長官。」彼得說，一面打開門，迎向冷冽的空氣。「我一直都提防著。」

5

佩克斯坐在棚子旁小路的一塊大石頭上，扔下他帶回家的老鼠。狩獵一整晚，他很疲倦，背上的陽光溫暖，不過他並沒有昏昏欲睡的感覺。

他的家人在外面。

布莉索已經開始在天氣好的時候，帶孩子們到洞口的沙地上活動，回到安全的地方也不過只需要短短幾步，可是佩克斯知道老鷹俯衝而下或土狼躍起有多突然。他可以從這個制高點看見任何從田野冒出來的危險，或者從天空中出現的攻擊。

今天早晨，春天的空氣中只捎來了友善的野生氣息，重新進駐荒廢農場的，有忍冬攀上棚子的屋頂、幸運草在小徑上竄生，還有在穀倉築巢的燕子與花栗鼠。

這裡已經變成很棒的家園。之前的布洛谷也很棒，可是生了戰爭病的人們入侵，帶來火災與紊亂。這座廢棄的農場，還有這附近所有廢棄的農場，都比從前住的地方更好，因為這裡沒有人類。

佩克斯轉過身去看著孩子。他們的動作讓他擔心——跌跌撞撞、毫無預警的臥倒，加上突如其來的蹦蹦跳跳，完完全全吸引著他的注意。

他現在已經分辨得出他們了，就算隔著一段距離也沒問題。

最大隻的男生，動作就像小熊。他膽子很大，會沿著玩耍區周圍梭巡，再慢吞吞轉回媽媽身邊。

最小隻的也是男生。他膽小猶豫，細小的聲音或一丁點兒光影就會讓他嚇到衝回來。

第三隻小狐狸嘛，是個女生，總是一出洞穴就大步離開沙地，走到沒踏過的草地上，小小的身體總是挺直尾巴，耳朵也堅定的往前豎直。

現在，佩克斯望著她從布莉索肚子旁那堆吃奶的身影中退了出來。她在陽光下眨著眼睛，嗅聞四周的空氣，彷彿設法決定該跟隨哪個氣味，接著就沿著小徑往前走去。

布莉索起身，叼住女兒的頸項，把她放回沙地，再躺下來，兩隻小雄狐立刻爬回媽媽身上，小雌狐卻立刻又歪歪扭扭的向外走。

布莉索再度起身，讓兒子們攤在一旁，又把女兒叼回來。

佩克斯望著這個小小探險家再次扭動身子，從毛茸茸的寶寶堆中擠出來，踏上小徑。這次，布莉索沒有再跟著女兒，她往佩克斯的方向瞥了一眼，他就明白了。

佩克斯跳下大石頭，沿著小徑旁走，一隻腳掌準備好在女兒經過時把她撈回來。

只見她一次、兩次、三次停下腳步，探索身邊的世界：一隻小蟲、一顆橡實、一片飄落的羽毛。不過她每一次都只抬頭看一秒，就繼續沿著小徑往前走。

等她到達佩克斯等待的地方，就停了下來，歪著頭凝視爸爸一會兒，接著攀著他的前腿，爬到他胸前的白毛上。

佩克斯翻了個身，讓她保持身體平衡，她攤在他心口上，彷彿這輩子都在尋找那個位置似的。她叉開四條腿，豎直尾巴，立刻就睡著了。

佩克斯一動也不動的躺著。

他胸前這團小小的灰色絨毛輕得不得了，可是佩克斯覺得自己像是被釘在地板上，彷彿旁邊的大石頭滾落、壓在他身上似的。

不論這個孩子需要什麼，他一定會給她。

6

看見佛拉從穀倉旁的小徑走過來時，彼得環顧了小屋的地板一眼。他來來回回擦亮、上蠟三次，松木地板看起來閃閃發光。

彼得打開門。午後的陽光潑灑在矩形地板上，染成深邃的蜂蜜色，讓彼得心裡暖暖的，充滿了驕傲。

佛拉停在用煤渣堆砌的臺階旁，單手擱在門框上。「哇，你終於准我看了。」她望著完工的地板，睜大了眼睛，只說了聲「噢」，可是讚美之情在這個字裡溢於言表。

彼得往屋裡退了一步。「地板乾了，進來吧。」

佛拉進到屋裡，到處轉來轉去，細細查看彼得的成果，就像彼得期待的那樣。

接著，佛拉跪了下來——這個動作還是不太自然，就算她穿上好的義肢也一樣。她熟練的用手指拂過接縫。「嗯，青出於藍。」

「什麼意思？」

「你校準了木板兩端，讓它們緊密接合在一起，要是我就可能疏忽——這是地板耶，可是你將木頭縫隙都連接好了，還埋了暗釘，填補了孔洞？我真的服了你。」

彼得轉過頭去，想掩飾他的微笑，只是動作不夠快。

「不，你確實應該覺得自豪，」她說，跟他一起笑。「這是你應得的，你幫自己打造了一個很棒的家。」

彼得的笑臉不見了。「這不是我家。」

佛拉還沒回答，先站起身來，彷彿她需要一定的高度。「當然是，是你蓋的耶。你覺得我為什麼要讓你全部都自己動手？」

彼得聳聳肩。「這樣我才能學會所有的步驟該怎麼做啊，是我請妳讓我全部自己來的。」

「沒錯，這也是要讓你對自己的家瞭若指掌。它在你手裡、在你背上，在你的心裡。你身在這間小屋裡，小屋也在你身體裡。」

「不，這不重要。我跟妳待在一起的時候，會在這裡睡覺、在這裡讀書，可是這裡不是我家，是妳的土地，這裡是妳的地盤。」

「啊，土地，我懂了。這個嘛，我一直想跟你談談，現在談也很適合。」房間另一端，有彼得隨意放上的工具架，佛拉移動到工具架旁，身體靠著架子。「彼得，你這麼年輕，已經失去了這麼多，」她說，彷彿已練習過這段話許多次。「我正在草擬文件，要將這座房產的一半給你。我要你知道——不管你做什麼，不管你到哪裡去，不管我是死是活，你都有一個地方可以回來。」

彼得往後退。他記得有一次，跟幾個朋友到凍結的河上去玩，他打滑了，溜到冰層很薄的地方。彼得還記得，當時太晚察覺，四周又黑又冰凍的水就要吞噬他的感覺，此刻，他感受到同等的驚慌失措與恐懼。

「當然囉，你那一半比較靠近文明世界，」她有點沮喪的搖搖頭。「我還是沒什麼改變嘛，對吧？」

「我不想要。」

「彼得，我是在為你設想將來。你快要十四歲了，你會離開這裡，說不定是上大學，也說不定不會再回來，但如果你回來……」佛拉把手伸向小屋。「現在只是一個房間，可是你自己加了廚房，還有後面的臥室，剛好可以望著外面的桃子樹。我自己是不想要電和花俏的排水設施啦，但我不反對你使用。」

「我不想要。」

佛拉輕聲笑了出來。「嗯，那好吧，就不要電。暫時這樣啦，我想……之後再看看吧。」

彼得背對佛拉。「不是，我是說這些我統統不要，這個地方。」

他聽見佛拉向他靠近一步。「這個國家有一半的人願意為我們在這裡享有的東西失去右手臂。」她說：「從地面冒出來的乾淨水源，短期內應該不會有問題。」

「我又不在乎。」

「我覺得你父母會希望……知道有個對你來說很安全的地方，一個你愛的地方。」

恐慌與恐懼再度升起。無以名狀，可是確實升起了。「我不愛這裡的任何東西。」

「那不是你的真心話。」佛拉靜靜的說：「我一直在這座森林、那座果園中觀察，你愛這片土地。我看著你……」

「我沒有！」

「我看著你做木工，蓋這間小屋……看到愛，我辨認得出來，你愛這裡的一切。」

「我才不愛！我不需要，不需要這裡任何東西……我不愛這片土地，不愛木頭，不愛……」他瘋狂的四處張望，看見他背叛自己的話，在這裡完成的每一件工作，這多像當時他在薄冰上打滑。他撿起斧頭，扔到地板上，斧頭的刀刃劈下一片原本完美又閃亮的木頭。「我才不愛這個愚蠢的地方！」

「小子，你怎麼了？我說錯什麼了嗎？」佛拉向他舉起臂膀，彼得原本無以名狀的恐懼突然有了名字。

彼得跳到一旁。「妳不是我媽！」

佛拉突然退縮。她收回臂膀，手環抱在胸前。「我知道，我知道，我的意思只是……」

「我誰也不需要。」彼得說，試著收回他話裡的尖銳。

可是傷害已經造成，佛拉望著他，彷彿為他，而不是為她自己感到難過。彼得轉過身不去看。*就這樣，走開吧，不要回頭。*

彼得聽見佛拉嘆氣，把斧頭從削壞的松木上抽出來。他聽見她把斧頭放在架子上，斧頭的柄跟其他工具一起筆直的排好，刀刃向內，就跟佛拉之前教他的方式一樣。他聽見她走到門邊，聽見她踏在煤渣臺階上，聽見她在身後關上門，他還是沒有轉身。

可是等到什麼聲音都沒聽見時，彼得立刻跑到窗邊。

看著佛拉走過小徑，肩膀僵硬，離他愈來愈遠，彼得前後搖晃著身子，胸口痛到覺得自己就要死掉了。

7

佩克斯漫步回家，感受宜人的春日夜晚各種氣味與聲音。可是，來到廢棄農場邊緣時，一想到孩子們，他就加快腳步，小跑步穿越最後一片森林，乍現的黎明也開始點亮天空。

等到棚子的屋頂映入眼簾時，佩克斯停了下來。布莉索昨天為正在長大的孩子們擴大洞穴，此刻新鮮的沙土就像草地上結的霜一般，閃閃發亮。下方的田野一片祥和，佩克斯一動也不動，將身子往下沉，觀察著周遭的環境。

孩子們近來已經開始走到離洞穴更遠的地方探險。這天晚上，布莉索想帶他們到水庫附近，教他們自己喝水，佩克斯也會同行，現在他們外出已經需要雙親同時陪伴才顧得了。

就在這個時候，佩克斯留意到棚子的臺階底部有什麼動靜。他脖子的毛豎了起來，然後看見了——一團小小的絨毛，輕飄飄的晃了過去，不是什麼潛伏的狩獵者。有一個孩子獨自到洞外了。

布莉索不會允許的。

是小雌狐，當然囉，只有這個孩子膽敢違抗媽媽。

佩克斯盯了她一會兒。她的頭垂向地面，接著跟隨自己鼻子的指引，走向棚子後方，她從那裡緩慢、一步一步、悄悄的往前走，先走到一叢唐棣灌木邊，接著又轉向更外圍的樹莓叢。

幾個鐘頭前，佩克斯走過這條路，女兒正在追蹤爸爸。

他叫住她。

狐狸寶寶在路上轉了一圈，回頭發出小小的叫聲，開始用小小的、雀躍的步伐跳向他。

佩克斯也趕緊跑向她。他要先教訓一下女兒，因為她不聽話，再送她回洞穴。可是，就在佩克斯抵達空地時，一雙充滿力量的翅膀向下俯衝，伸展的利爪削過她頭上柔軟的深色毛髮。

佩克斯一躍而起，他在貓頭鷹飛升時緊緊抓住那毛茸茸的腿，可是那隻猛禽已經用爪子抓住狐狸寶寶。

貓頭鷹啄著佩克斯的臉，可是佩克斯不放手。

貓頭鷹拍動巨大的翅膀，佩克斯覺得自己被拖著，他向上扭動後腿，抓住猛禽的腹部，而貓頭鷹還是緊緊抓牢自己的戰利品。

現在佩克斯被夾得更緊了，他感覺到猛禽的牙齒陷入他的骨頭；他用力啃咬貓頭鷹的頭，猛禽發出尖叫，鬆開翅膀。

寶寶掉了下來，貓頭鷹拍動翅膀飛走了。

佩克斯仔細檢查女兒全身上下。除了兩邊肩膀各有一處雙爪的穿刺傷，沒其他傷口，不過她恐懼的發抖著。

佩克斯舔拭她的傷口，用身體包覆著她，讓她鑽進自己頸部的毛髮間，可是她還是不斷發抖、心臟怦怦跳。

佩克斯的心臟也怦怦跳，只是害怕著不同的事。

一定要記得抬頭看，危險從上方來時總是靜悄悄的。

這個建議不足以保護她，任何都不夠。

8

「拜託，我們是來練習的。」

彼得很不好意思的跳了起來。「抱歉，你說得對。」每次都這樣。他在佛拉家從來不會想看電視，可是只要一到班他們家，他總是會癱在客廳，呆呆的盯著電視，直到班拍拍他的肩膀，提醒彼得為什麼來。

彼得撈起手套，跟著班走到門外。

一如往常，班五歲的妹妹雅絲翠也跟著。彼得偷偷幫她取了一個暱稱，叫「回音蟲」，不只因為她愛模仿哥哥說或做的所有事，也不只因為她就像縮小版的班——髮色很淡、臉上有雀斑，而且意志堅定。而是因為不知怎麼的，她就是比較黯淡。彷彿她不真的存在，彷彿生命整件事對她來說就像在擲銅板似的，唯一可以確定的只有她多麼喜歡班。

在外頭，班抱起妹妹，放在門廊的臺階上，在她身邊放了一包葵花子。「幫我們看守這個。待在這裡，我們會滿用力的丟球喔，可以嗎？」

「滿用力，可以。」她說。

彼得脫掉上衣。上星期，已經可以感覺到春天的腳步愈來愈近，是很適合打棒球的天氣。車道布滿石頭，很適合練習接滾地球。他們對著彼此丟了一會兒很低的快速球，不管球的方向多麼難以預測，他們大部分都接得到。能跟和自己一樣喜愛棒球的人一起練球感覺很棒，因為對方也能和自己一樣專心投入，要是漏接，他們就會對彼此喊著「打倒班了」或是「彼得出局」，那也很棒，因為一起玩棒球一年以後，這種老套的玩笑感覺很親切。

這時候，一個滾地球調皮的彈跳，碰到屋角，掉進樹叢中。班跑過去撿球，然後在小跑步回來時喊著，「西村的人一定想不到自己會被誰打敗。」

彼得脫掉手套，假裝調整鞋帶。「我不打夏季賽。」

「你說什麼？」

彼得撿起自己的球，用手套包住。他接下來要講的會讓練習結束，他昨晚決定的。「我要加入青少年水戰士。」

班笑了。「不，你不會。水戰士不會來這裡，我們的水沒問題。來吧，戴上手套。」班跑回他的位置。

「不，聽我說。我知道他們不會來，是我要過去，我星期六出發。」

班愣住了，他把手抵在臀部。「去哪裡？」

「回到我以前住的地方。」昨天晚上聽說水戰士預定要去清理他家鄉某個地點後，他就有了這個想法。他不需要佛拉給他一個家，他早就有一個了。他會和水戰士一起在那裡工作，他自己的家就在那附近，走路就會到。

「可是那裡離這裡有好幾百公里遠欸。」

「四百八十公里。」

「佛拉准你去？」

彼得聳聳肩。「我今天晚上告訴她，她會讓我去的。」

班轉過身，開始把球丟到車庫的屋頂上。

彼得了解，因為棒球是他們共通的語言……丟球接球、預測對方的下一步、交換真心話、談論最困難的話題……只要全神貫注在棒球上就辦得到。現在，班是在說──**好吧，我需要一點時間獨處，消化這個消息。**

彼得突然後悔了。從第一天踏進學校起，班就一直很罩他，那時候他誰也不認識，又因為失去佩克斯而非常寂寞。

「你也可以一起來啊，」彼得沒仔細想就開口。「我們可以分享一個帳篷，聽說他們會讓你開小山貓推土機什麼的，還可以划獨木舟、搜集樣本，還有……」

「我沒辦法。」

「你當然可以，只要超過十二歲，加上父母簽名……」

「不行，我沒辦法。」班點頭示意臺階方向，他妹妹正把葵花子撒到自己頭上。**她要開刀**。班做出嘴型表示。

雅絲翠從門廊上跳起來，跑了過來，彷彿知道他們在談論她似的。班扔下棒球，把她拉向自己，然後開始挑出她頭髮上的葵花子。

彼得退後一步。「噢。你是說她可能會……」

班更用力的以手臂環繞妹妹。「她不會有事的，可是我如果不在，她會害怕。」

「我會害怕。」雅絲翠重複哥哥的話。彼得看見她露出了微笑，害怕的人是班。彼得猛然一驚。自己免疫了。沒錯，他已經失去所有的一切——媽媽、爸爸、狐狸，所有曾經在乎的人事物。不過既然失去了所有的一切，就沒有什麼可以再失去了。

才十三歲，生命就無法再傷害他。

「小心一點喔。」他忍不住警告自己的朋友。

班抬頭看他。「什麼意思？」

彼得注意到，班捏著妹妹的髮根，這樣一來將葵花子的殼拉出來時，她才不會痛。班已經來不及逃走了。

可是他還來得及。「沒什麼。」他將帽沿往下壓，跑向腳踏車。「下次見。」

他喊著，一面沿著車道跑開。

「等一下，」班喊著，「說不定我可以去，只要來得及回來……」

「沒關係啦，反正我不需要人陪。」**就這麼做，走開，不要回頭。**

踩著踏板回到佛拉家，彼得想著自己剛才做的事有多麼驚險。旅程中最不需要的就是朋友了，也許朋友就是他最不需要的東西，句點。

佛拉輕輕敲著放在他們之間的報紙地圖上某個點。「水戰士現在駐紮在這裡，是一個水庫，在你以前的住處上游，大約八十公里左右的地方。」

彼得點點頭，沒講話。儘管他對班說了那些話，而且昨天還傷了佛拉的心，他還是很驚訝，佛拉對自己想做的事壓根沒提出異議。她一整天都對他小心翼翼，只說了「那裡很遠欸」還有「但我了解」。

佛拉用手指沿著地圖指出一條路。「他們正在下游清理，大約一週以後，清完水庫，會沿著這條河向南走。」

彼得望著她的手指停歇的那個點，那正是河流變寬處，在舊磨坊旁。之前，拋棄佩克斯以後，去年春天他就是在那裡再一次遇見佩克斯，也是在那裡永遠放他自由。爸爸就是在那裡幫忙埋炸藥，炸掉那條河流，也炸斷那隻比較小的狐狸的腿。那是彼得最後一次看見他們兩個的地方：爸爸和他的狐狸。

待在那裡對他來說會很辛苦，但可以得到不被打擾的一個月，接下來就可以回舊家去。他在那裡會感到很安全，可以讓思緒清楚。他會到媽媽的墓地去，將爸爸的骨灰撒在那兒，為媽媽處理好那件事。

「那整區都很危險，」佛拉這樣說：「你知道怎麼做蒸餾器吧……一定要用碘滴劑……」

彼得當然都懂——水安全現在已經是這個國家每所學校的必修課了，更何況水戰士原本就是專家。不過他還是讓她講解，他知道佛拉需要確認自己知道。

「就算是在偏遠的地方，也別認為那裡的水是安全的，化學藥劑說不定已經到達含水層了。要是你到了一座池塘邊，水看起來完全透明，實際上就是警告的信號。」

「我知道，水很透明清澈，是因為沒有任何東西能在裡頭存活。」

「看看這個。」她又把手往地圖上一掃。「聽說這整個區域今年沒看見任何動物的幼崽，因為幼獸根本沒辦法靠有毒的水活下去。」

彼得讓自己在腦海中映出佩克斯，這表示今晚他又得再度經歷懺悔的苦行。那也不要緊，他習慣了，不像之前那麼痛苦了。「佩克斯也許還住在那附近，不過他已經不是小狐狸，他現在已經六歲了。」

「我不是擔心你的狐狸，小子，我是擔心你。你知道的，所有動物的孩子裡頭也包括人類，你不能冒險。」

「我知道，我會小心。」他站起來，摺好報紙。

「還有一件事——那裡不像這裡隨時都有你需要的東西。一有機會就裝水，每次都要。」

9

月亮升到半空中時，佩克斯和布莉索帶著孩子們一起出發，前往水庫。

這段路程花了很長的時間，兩隻小公狐一遇到新東西就堅持停下來東看西看，一路上的新東西又很多：一隻聞起來味道很奇特的皮靴、脆脆的乳草豆莢、一拉開就彈出飄浮的星星；臭松草，嘗起來味道就跟聞起來一樣可怕……每個轉彎都有驚奇的發現。

小隻的小公狐跟著一隻甲蟲跑進一叢綠薔薇裡，佩克斯和布莉索把他從長刺的藤蔓間救出來時，大隻的小公狐正跟著搖搖擺擺走過的臭鼬跑，佩克斯只好跳回來，及時讓他的孩子遠離危險。

只有小雌狐沒找麻煩。她只在佩克斯教她什麼的時候，才會聞一聞或是嘗嘗看那樣東西的味道。迅速嘗新以後，馬上衝回他胸前。她會走在佩克斯兩側腳掌之間，所以有時候會被絆倒，讓他們倆前進的速度變得更慢。每次佩克斯輕輕推推她，要她走在自己身旁，她都會不時緊張的抬頭往上看，頻率高到她常常絆倒。

世界上同時充滿了各種有趣和危險的事。佩克斯和布莉索知道，必須教導孩子們所有該需要知道的事。*沒錯，抬頭看，*他認同他女兒的做法，*可是也別忘了看看身邊啊。*

佩克斯叫她看看一隻綠色的蛾，這隻蛾跟她的頭一樣大，正在白樺木如紙張般的樹皮上顫抖。他叫她看看一個小坑洞，裡頭長了好多好多黑莓，等到夏天她吃這些黑莓的時候，肯定會弄髒她的毛。還有一座田野，等她在秋日陽光下打盹的時候，身旁一定會滿滿都是從枝頭掉落的蘋果。*只要去看，就會發現到處是風景。*

現在，他們已經來到水庫旁，圍籬邊用了鐵鍊圍住，佩克斯提高警戒。鐵線攪擾了佩克斯埋藏的記憶，讓他回想起被關在籠子裡的記憶，可是讓他不安的其實是水庫本身。

這樣的遼闊無邊，可真神奇：不管沿著岸邊跑多遠，還是只看得到水。佩克斯從來沒見過這樣的水源，竟然不存在河岸。在所知的水源中，也沒有任何水源是以長形的建築物和牆面來分隔的，這裡的水流表面拍擊著混凝土，聽起來很憤怒。

最令佩克斯困惑的，是這裡的水聞起來沒有味道。在他野放的這些年來，已經知道水聞起來會有流經其中生物的氣味。雨滴聞起來有天空的味道，潑濺在樹葉上，也會有葉子的味道。河流聞起來有青苔，以及閃著銀光的鮭魚的味道。溪流有樹根的味道。可是這裡的水沒有任何生命經過：水流深處沒有魚兒游泳、沒有螃蟹沿著淺灘橫行，泥巴裡也沒有居住任何蛤蜊，岸邊只遺留枯萎的蘆葦。

佩克斯等著布莉索和另外兩個孩子趕上來，他們從鐵線折彎的一角底下溜進去。

靠近水庫時，布莉索警戒的發出一聲低吼。佩克斯盡量壓低身子，要家人們跟在他身後。

他小心翼翼向前，直到抵達一個視野良好的位置。

在遙遠的岸邊，一些建築物旁，他看見燈光了。**留在這兒，我去看看。**

佩克斯提高警覺往外走，小雌狐哀號起來，可是佩克斯再度要她留在原地，別發出聲音，小雌狐就蜷起身體，靠在媽媽身邊。

佩克斯繞著圈圈小跑步，身子彎得很低。更靠近時，他聞到煙燻木柴的味道，還聽見一陣陣人類說話的聲音。

佩克斯跟布莉索不一樣，他不怕人類。他曾經跟一位男孩同住，愛著那個男孩，也學會人類的各種生活方式。大半輩子以來，人類的方式就是佩克斯的方式。他悄悄靠得更近，從樹叢後面觀察。

這群人圍繞著火堆，裡頭有女人，也有年輕的人類，全都穿著那些得戰爭病的人穿的衣服，他還記得一年前發生的事。一臺卡車停了下來，佩克斯同樣記得——那個又大又綠，有燒焦的金屬和油的味道。

他折返，回到家人們等待的地方。

戰爭病的人類來了。佩克斯和他的伴侶彼此心知肚明，戰爭病的人類到哪裡，大地就有可能毫無預警的炸裂，連空氣也會粉碎。狐狸可能失去腿，他們有可能會死。

廢棄農場的家，已經不安全了。

布莉索回頭看著她的孩子們。**我們得搬家。**

佩克斯也理解。布莉索走不開，所以他必須出去，找個新家。可是不是今晚，今晚要教孩子們怎麼喝水。

布莉索和佩克斯溜到底下一處安全的小石子岸邊，他們將身子靠近安靜的水流，向孩子們示範怎麼用舌頭來舔水。

狐狸寶寶跳到岸邊，他們拍打水的表面，液體的感覺讓他們驚訝得向後跳。他們在水裡跳進跳出，沿著岸邊潑濺水花，輪流往對方身上灑水。

布莉索和佩克斯往後退，注視著。布莉索對水庫另一側小心翼翼的保持警戒，因為人類在那裡。

佩克斯發現孩子們在轉變。他們灰色毛皮外套的色調一天比一天紅，新生的白毛從尾巴與臉頰旁竄出來，腿抽長了，毛色也變深，已經強壯到有辦法撞翻彼此。

過了幾分鐘，三個孩子都不再騷動，開始學習喝水的新技能。

狐狸寶寶為自己新學會的事物感到興奮，長途跋涉讓他們口渴，於是他們不斷喝呀喝呀喝著眼前的水。

10

「他不會來的。」

佛拉繼續攪動餅乾麵糊，連頭也沒抬。「他會來的。」

「他從不出現。」

「嗯，這次會的。他唯一的孫子明天早上就要出發，一去就是一個月。把那些胡蘿蔔削皮，然後擺餐具，三個人唷。」

彼得拿起刀子，把胡蘿蔔擺在砧板上。「妳為什麼這麼肯定？」

佛拉在那塊麵糰上撒麵粉。「好啦……因為這次我不是邀請他來，我告訴他晚餐六點半開始。」

彼得更擔心了。「爺爺不喜歡人家告訴他該怎麼做。」

佛拉聳聳肩，開始用一塊玻璃切下餅乾。「你選擇住在這兒，而不是跟他住，也許讓他生氣，但你必竟是他唯一的孫子，唯一的家人，對吧？你要離開了，所以他會來。」

彼得希望她說的是真的，才不枉費她如此大費周章。烤箱裡的鴨肚塞了山核桃堅果和青蔥。昨天她還挖出最後一批馬鈴薯，採收了第一批青豆。今天一早，她就叫他到溪邊去採做沙拉用的西洋菜，他回來時，發現她正在做蜜桃派。

那個派現在就擺在窗臺上，彼得一整天都聞著派的味道，連他回到自己的小屋釘好最後幾片牆板時，蜜桃派的香味還沿著小路傳來，就像卡通中的派會伸出手指召喚人似的。

他不曉得佛拉還記不記得，一年前他第一次來到這兒、飢腸轆轆又骨折的時候，桃子是他第一樣吃到的東西。他狼吞虎嚥吃下一整個罐頭，同一天稍晚，佛拉跟他說了自己的事，關於她還小的時候怎樣在夜裡溜進果園，在肚子上放了一堆桃子，在月光下吃。

去年桃子成熟時，彼得做過同樣的試驗。他半夜溜出去，當時看不到月亮，卻有一百萬隻閃閃發光的螢火蟲。他吃著那些柔軟的桃子，直到臉上沾滿黏答答的果汁。

那天晚上，棄養佩克斯後的第一次，他讓眼淚流下來。反正是在黑暗中，他的臉本來就沾滿果汁、變得溼溼的。等他悄悄溜進屋裡，佛拉起來了，從她的表情看得出來，她知道他哭過，而她放他獨處一下。

蜜桃派代表的意義，讓彼得快受不了，關於這個就要離開的地方，想到佛拉邀請自己永遠留下來，他卻傷害了她。彼得轉身背對那個派的意義。「妳錯了，他不會來的。」他又再說一遍：「明天早上我們得跑一趟，讓他簽我的同意書。」

「他會來的。」佛拉說，將餅乾推進烤箱，堅定的關上烤箱的門，彷彿那就是結論。

她說對了。十五分鐘後，彼得聽見老人的雪佛蘭停在佛拉的卡車旁，發出軋軋的吐氣聲。他跑到窗邊確認，隨即快速的用目光環視小屋。

爐火熊熊燃燒，所有油燈都點著了，將家具照耀成一片金黃。地板剛打過蠟，桌子刷洗過，擺設著佛拉的好瓷器，壁爐架上的黃色水罐裡，盛放著一大叢水仙，窗外的山丘在暮色下閃耀著藍色的光芒。

他起身開門，看著爺爺作態的敲敲背、四處張望，將這間屋子盡收眼底。彼得微微感到得意，想著爺爺會怎麼看待這裡：果園淺色的花朵盛開、菜園整齊作物的鮮綠色襯著紅色的泥土，而在堅固的穀倉後頭，是彼得自己新的小屋。

踏上石頭小徑時，彼得看見爺爺前額的頭髮梳得服服貼貼，臉頰呈現粉紅色的光澤——他下工後先回家梳洗完畢，還刮過鬍子。

「你來了。」彼得不太習慣的說：「我好高興。」

「我不能待太晚，」爺爺嘟噥。「還是得工作。」他停在花崗岩臺階上，向屋裡張望，表現出的驚訝就跟彼得第一天來到這裡的感受相同，彷彿以為屋裡應該會跟屋外一樣，粗糙又原始。

「請進，請進，」佛拉從廚房招呼著。「希望你肚子已經很餓了。」

他一定是。老人常常一下工回家，就開一包洋芋片、喝一罐啤酒，接著再加熱罐頭當晚餐。今晚佛拉家的味道，聞起來就跟餐廳一樣。

佛拉立刻將食物排上桌，把他們的餐盤都裝得滿滿的，直到肉汁都從餐盤邊緣滴下來為止。老人用餐時，她負責開啟話題……不外乎天氣啊、彼得成績很棒啊，

獲選進入棒球隊等等。彼得的爺爺大致上只是一邊吃，一邊點點頭。

接著，佛拉再度在他們餐盤上裝滿食物。「所以，」她說：「說到明天。」

彼得放下叉子。

「我會載他去。」她繼續說：「你孫子讓我買了那台卡車，我還是要找機會使用一下。我會載他到藍茲伯格水庫，接下來的行程他會跟軍隊成員一起走。」

「軍隊、水戰士。」老人不認同的揮揮手。「根本不該這樣稱呼，又不是真的軍人。」

「為什麼不是？」佛拉溫和的問。

「我當過兵、我父親當過兵、這個男孩的父親也當過兵……」他說：「真正的軍隊是……」他舉起兩隻拳頭，彼此撞擊。

「佛拉也當過兵啊。」彼得說。

老人往下瞥向佛拉的腿。「是啊，是啊，」他不情願的承認。「你懂我意思。戰士是……跟力量有關，不是一堆做善事的人。」

「這個嘛，我不覺得欸。」佛拉用一種絕對中立的聲音說。不是挑釁，也不是在批判意見不同的人。

彼得很欣賞佛拉的技巧，可以讓場面緩和下來，讓對方保有不同立場，不會爭鋒相對。儘管如此，他還是感覺到自己腹部的肌肉緊縮了一下，他已經一年沒有這樣的感覺了。

不過這時佛拉拿起裝蘋果汁的水罐，重新加滿每個杯子。放下以前，佛拉又舉起了水罐。「這是一個禮物喔，」她說，彼得放鬆了下來，她正在轉移話題。「這是用附近的土製成，本地的工匠用完柴薪的時候，我分了一些給他。」

彼得的爺爺發出讚許的哼哼聲。

「我在想……不曉得工匠花了多少年學會這項技藝，」佛拉沉吟著。「要花多少個鐘頭才能完成這件作品？這個水罐又被用了多少次，不斷裝滿我們的杯子？」

爺爺埋頭吃東西的時候，彼得又拿起自己的叉子。

可是佛拉還沒講完。「現在試著想想看，要是我將水罐丟到牆上，確實能展現很大的力量，說到打破東西，任何人都辦得到。我尊敬的力量，是製作東西的力量。」她放下水罐，轉向彼得舉杯。「更重要的是——我尊敬那些選擇重建某樣東西的人。」

彼得的爺爺停止咀嚼，不情願的點點頭。

不過這時，佛拉給他留一點面子。「再說……彼得會學到一些有用的技巧。這陣子會鋪水管的人就是王子，會挖井的人簡直是國王，而且這種狀況恐怕還會持續好一陣子哩。」

「懂得誠實工作總不是壞事。」老人喃喃叨念著，表示同意，保留一點顏面。他把玩著餐巾，湯匙匡啷一聲掉到地板上。

彼得把椅子往後仰，將手伸進身後放餐具的抽屜，看都沒看就抽出一根新的湯匙，放在爺爺的餐盤旁。

老人接過湯匙，可是看起來十分驚訝。彼得知道爺爺看見什麼了——自己的孫子在這個地方，自在到連看都不必看，就能抓到湯匙。

這裡不是我家，彼得其實很想說。

「我需要同意書，才能待在營區，」他脫口而出的反而是這句話。「需要有家人簽名，你是我的家人。」

這招有效。彼得看見爺爺的表情像鬆了一口氣，變得柔和，臉上甚至可能還帶著一絲絲驕傲。他拍拍自己的口袋尋找筆，接著用誇張的動作在同意書上簽了名。

他們把派拿到外面的門廊，彼得點亮了燈。他們把腳翹在欄杆上，一邊吃著派，一邊望著細細的新月升起，爺爺的話變多了。他描述自己從軍的經驗，警告彼得要小心各種危險，應該避免哪些錯誤，那種保護的語氣讓彼得很驚訝。

彼得不覺得來自兩個世代前的建議會有幫助，不過還是讓爺爺繼續講，雖然心裡如此震驚。爺爺表現得就像……嗯，像個爺爺。

「小子，你注意安全。」他爺爺最後說，接著起身，為晚餐向佛拉道謝，又握了握彼得的手。

揮手道別後，佛拉說：「我想他以後會更常來了。」

彼得沒回答就往旁邊走，他收拾空盤子，將吃了一半的派放在最上面。

佛拉跟著他回到屋裡。「彼得，你知道的，他愈來愈老了，將來有一天，如果你想要的話……」她用手指向窗外他的小屋，指向比果園更遠的土地。

「停。」彼得突然曉得她準備要說什麼了……就是等爺爺將來需要人幫忙的時候……彼得可以把他接來，幫他在這裡蓋個地方住。他知道如果佛拉那樣說他會怎樣，他會開始想像自己覺得舒適又安全，是一個家庭的一分子，他會放下武裝。

他再也不會那麼做了。

他突然理解這裡所有的一切——佛拉、他蓋的小屋、愈來愈熟悉的這個小鎮、爺爺、班和其他人，這裡所有的一切都太危險了。

離開一個月也不會解決這個問題，解決之道很明顯，他不會再回來了。

等和水戰士一起服務完畢，他要搬回舊家，獨自一人，很安全。他不會再回來。

他走到後門廊去拿睡袋，經過廚房時，佛拉正在收拾剩菜。

「今天晚上我要睡在我的小屋。」他說。

佛拉點點頭，彷彿早就料到彼得會這麼做。她遞給他一塊用錫箔紙包好的派。

「如果醒來肚子餓，可以吃。」

彼得走了出去，一走過穀倉，就把派扔進一叢雜草間。

時候到了。

佩克斯伸展身子，在午後即將消逝的陽光下磨蹭自己的毛。風從南方吹來，這樣正好可以掩護他行進的方向，也可以警告他前方潛伏的任何危險。沒有月亮，所以他有黑暗作為掩護。前一天晚上已經藏好兩隻鴨子，田野間還有馬鈴薯、穀倉裡有肥老鼠，確保他離開這段時間裡，布莉索和狐狸寶寶不會餓肚子。

他再次用氣味做記號，以防離家時任何動物來挑戰他的領地。接著，他到洞裡查看。孩子們都醒了，正在吃奶，他們已經長大了很多，大到布莉索必須把身子完全伸展開來，才夠所有的孩子窩在身邊。佩克斯知道，再過幾分鐘，他們就會爭先恐後的跑到外面，布莉索也只能把他們趕在一塊兒，免得惹上麻煩。

佩克斯把臉頰貼在布莉索的臉頰上。**我要出發了。**

他用鼻子輕輕碰了碰每個孩子，保證他會回來，要聽媽媽的話。孩子們揚起白白的鼻子，親親爸爸的臉頰，然後兩隻小公狐繼續喝奶。

可是小雌狐從兩個兄弟間擠了出來，跟著爸爸走到洞口。

*不行。留在這。我會回來。*佩克斯離開，可是還沒經過棚子的轉角就回頭張望。女兒站在臺階旁，在低低的陽光下眨著眼睛。她的毛，是三個孩子當中色澤最明亮的，閃耀著幾乎跟媽媽一樣的紅光。她往佩克斯的方向豎起耳朵，小跑步出來。

佩克斯跑回去，從頸部鬆鬆的部位把她叼了起來，送她回洞裡。布莉索輕輕把女兒放回肚子旁邊，用一隻手掌堅定的按住她，佩克斯才再度溜出洞外。

這一次，他沒有回頭看。

他大步跳過廢棄農場旁的田野，進入森林。他靜默無聲的在樹木間奔跑，在松針鋪成的鹿小徑上，就算全然的黑暗降臨，只剩下偶然灑落的淡淡星光，他還是能夠輕鬆的前進。這條路很熟悉——一年前，佩克斯、布莉索和朗特走過相反方向的旅程，一起離開布莉索的舊家布洛谷。

佩克斯被他的男孩遺棄後，第一次見到布洛谷。他一直等著彼得回來救他，因為那時候還不曉得自己並不需要被拯救。在那短短幾天裡，佩克斯充滿了恐懼與擔憂，可是同時也因為初來的自由而狂喜，他很欣賞山谷的寬闊和有利的地理位置。當時的佩克斯也可以留在這裡創造一個家，可是渴望找到男孩的心情，驅使他往南走。

結伴同行的有葛雷——布洛谷的老狐狸，抵達的地方在一座老石頭磨坊旁邊，那裡河流陡降，地勢變得完全平緩。得了戰爭病的人類就是出現

在那兒，葛雷也是死在那裡的。布莉索和朗特跟著佩克斯，人類也是在那裡炸開大地，奪走朗特的一條腿，還燒傷布莉索的整條尾巴，成了一條染黑的鞭子。

佩克斯的男孩就是回到那個地方。

那一天，兩隻土狼循著朗特的血跡來到人類營地上方的空地，他們把布莉索逼到樹旁，眼看不久就要把朗特從藏身處拖出來了，佩克斯抵抗得很無力，卻聽見底下的營地傳來男孩的聲音。他發出號叫，尋求幫助，彼得真的來了，他的男孩趕走了土狼。

與彼得團聚，讓佩克斯如釋重負又充滿喜悅，他知道彼得也有同樣的感覺。

可是佩克斯弄不清楚。有時候，奇怪的是，彼得似乎渴望沉浸在悲傷的心情中，那天，他的悲傷與他的喜悅同樣強烈。

彼得拿出熟悉的玩具時，佩克斯變得小心翼翼。**把玩具撿回來就發出叫聲**，這個老遊戲以前是這樣約定的……**然後彼得就會找到你**。現在佩克斯已經知道，那個約定是謊言。

彼得扔出玩具。

佩克斯遲疑著，試著解開這個「離開還是留下來」的謎題。彼得轉過身去的時候，佩克斯明白男孩想要跟他分開，於是他就跟著玩具，躍入灌木叢裡。可是他沒有撿起玩具、發出叫聲，而是悄悄往後退了出去。

他看見男孩趕緊移動到空地另一端，用一隻受傷的腿不順暢的跳著。

佩克斯尾隨男孩，從林木線望著彼得踉踉蹌蹌的往山丘下走，因為匆忙而摔倒了兩次，去跟爸爸會合。他們擁抱了很久，然後一起進入一座帳篷裡。

佩克斯則是轉身加入布莉索和朗特，組成了一個家庭。

那天下午，三隻狐狸躲在土撥鼠挖的地道，那裡太窄了，土狼進不去。他們在裡頭安全的休息了好幾天，朗特休養身體，學會怎麼用三條腿安然移動。布莉索咬著她像壞掉的刷子般結塊的毛皮，一次又一次將毛皮扯開、加以清潔。

最後，等到朗特有辦法短跑，布莉索的尾巴也不再哭泣時，布莉索開始惴惴不安，很想趕快搬離人類、遠離戰爭，於是他們回到布洛谷。

葛雷的伴侶在那裡迎接他們。她生下六個孩子，佩克斯和布莉索幫她狩獵。他們原本可以在那裡建立自己的家，可是人類的戰爭日漸逼近，所以佩克斯就帶領他的新家庭往更北的地方走，又穿越兩座高地森林，期間遇到兩座谷地——一座淺淺的、另一座陡峭又崎嶇，直到抵達廢棄的農場為止。

現在佩克斯進入的就是地勢比較淺的谷地，谷底的小溪在蒼白的星光下閃耀著。黎明點亮天空時，佩克斯跨越了谷地，爬上下一座山脊。

太陽從松樹上升至東邊，佩克斯抵達了山頂，開始尋覓安全的地點，好休息幾個小時。才剛剛在富有彈性的石松床上安頓好，就聞到樹木間竄起一種新的氣味。

是火。

12

坐在寬廣的水庫牆上，雙腿穿過欄杆的鋼條晃啊晃，彼得感覺到一陣悸動。從現在起，他獨自一人了，今晚，就在這一刻，他的新生活要開始了。

他以前也有過一次這樣的感覺。七歲的時候，他明白，媽媽死後，所有的一切不會再一樣，他的想法是對的。只是這次的轉捩點不同，這次是他自己的選擇。

還有另一點也不一樣，他的未來看起來會變得更好，而不是更黯淡。他的未來看起來就像眼前的水庫——遼闊又深邃，充滿祕密的承諾。他的未來看起來就像他身後的崗哨，提供所有需要的事物：食物、服裝、庇護所、各種重要代辦事項，而且其他人只會跟他親近到他允許的程度。

他在這裡覺得很安全，幾個小時前，執行中士握手歡迎他時，他就感覺到了。

車程倒是很辛苦。他決定不告訴佛拉他不會回去，等搬進舊家，再寫信給她就好了。這到底是懦弱還是好心，他也不知道。

他不時看一看佛拉，體會到自己再也見不到她，他幾乎就要改變心意，可是他並沒有崩潰。她曾經說：「彼得，也許你覺得我不是你的家人，可是對我來說你就是我的家人。你沒辦法改變這一點，所以你乾脆就接受吧，可以嗎？」彼得覺得自己的喉嚨脹脹的，他沒回答，感覺佛拉的話就像謊言似的。車子開進崗哨時，佛拉再次對他提出建議。「任何時候，只要有辦法，一定要把杯子裝滿。」這次他了解，佛拉不是在說水的事，彼得感覺眼睛刺痛，可是他還是設法控制自己的情緒，打開卡車的車門。

她離開了。走到入口帳篷的途中，彼得感覺地心引力好像不太對勁的樣子。

彼得有點茫然的聽完入營解說、兵營與工作站導覽，還觀賞了一部關於任務的影片。他拿到一本導覽手冊，上面寫著加入團體的責任和義務，每個人都得做一些清潔和準備食物的工作，明天彼得就要選擇一個工作小組——基礎設施、溝通聯絡、生態系統，三選一。

現在嘛，吃過東西，也將行李收進某排折疊床尾端的底下了，他唯一的工作就

是「去認識其他青少年水戰士」，中士這麼建議，當然不是命令。

彼得透過欄杆，向下望著深色的水流，聆聽背後各種喃喃話語，那些聲音偶爾會被笑聲點亮。就在這個時候，他聞到一種令人驚訝的味道……糖燒焦的氣味。

彼得改為觀察聚在營火邊的人們——軍隊，他應該這樣稱呼。大部分人都穿著舊戰鬥裝備，男女分配得相當平均，年紀各不相同。彼得看見另外三位青少年水戰士坐在一塊兒，互相拋擲著什麼東西，當中有兩個人吸引了他的目光。一個男孩和一個女孩，大約十九、二十歲左右吧，坐著的姿態讓彼得覺得他們倆應該是一對。

彼得又聞到熱熱的糖味，他開始流口水。

他站起身來，沿著牆走，再走下階梯，到達地面。他在那裡糾結了一會兒，然後決定了——加入，但是不講話。

他選在那對男女旁的原木坐下，現在他看出來了——絕對是情侶沒錯，男孩的手就擱在女孩膝蓋上。情侶比較可能忽略他的存在。

女孩厚厚的深色鬈髮上繫著花朵絲巾，彼得坐下來時，女孩對他微笑。她身旁的男孩將身子往前傾，他看起來才剛理過髮，彼得看見他脖子上有個刺青——微微轉了一下頭，然後又轉身面向火堆。

女孩遞給彼得一包棉花糖，還有她手上的竹籤。「這是禮物，」她說：「不管去哪裡，人們都對我們很慷慨，很感激我們救回水源。上個城鎮有位老太太給了我們棉花糖，因為山謬爾和我常常在野外露營。」

那個男孩，山謬爾，又把身子往外靠。「小玉和我是先遣偵察隊的成員，」他告訴彼得。「那位女士說她孫子當過兵，而且棉花糖是他當時最想念的食物。」

「人們試著給予各式各樣的東西，」小玉接著說：「在戰爭中失去家人的珠寶啊、紀念品啊什麼的。我們什麼也不拿，除了食物。」

有個男人開始講起有人之前試圖送他一匹馬，對面一個女人開始說故事，關於一堆負鼠跑進交誼廳，大家全都開始大笑。彼得的心思飄移，望著棉花糖在火上烤著。等棉花糖烤得最完美時才吃——外皮酥脆、裡頭黏軟又甜蜜。他再次想著自己有多喜歡未來的樣貌，他可以像這樣活得很好。

可是就在這個時候，那個女孩，小玉，毀了一切。「我們上個禮拜看到一家子狐狸欸。」

彼得渾身僵硬。

「爸爸、媽媽和三隻小狐狸喔，」她繼續說：「超可愛。」

彼得在牛仔褲上抹了一下雙手，把竹籤靠在旁邊的石頭上。「牠們長什麼樣子？我是說狐狸爸媽？」他問，希望沒人發現他的聲音在發抖。

「牠們長什麼樣子？」山謬爾複述，舔掉手指頭上的棉花糖。「狐狸看起來不是都一樣嗎？」

「當然啦，也是。」彼得彎起膝蓋，把雙膝抱在胸前，他不該問的。

「不一樣，山謬爾，」女孩說，她轉向彼得。「牠們在對面的水庫那邊，所以我們是用望遠鏡觀察。可是我記得，其中一隻成年狐狸的尾巴很怪，不是毛茸茸的尾巴，反而像一道鞭子，就像毛皮被扯掉似的。」

彼得心跳加快，他最後一次見到佩克斯時，他的狐狸就跟一隻雌狐在一塊兒。她小小的臉稜角分明，毛皮是明亮的紅棕色，可是尾巴看來就像燒焦了。「另一隻成年狐狸，」彼得問，試著讓自己不要聽起來太急切。「妳記得牠的模樣嗎？」

「對不起，」小玉說，語氣很真誠。「我比較注意看那些小狐狸，牠們顯然從來沒見過水，所以我就在想……生平第一次遇見水會是什麼感覺？」她把目光投向水庫，水庫在星空下閃閃發光。「水。有魔力，對吧？」

聚集成一圈的人們安靜下來，現在大家都在聽小玉講話。

「後來牠們就下水了。跟我們完全一樣——就像人類的小孩，你們知道嗎？一開始牠們好像很怕水，可是後來實在是太好奇了，就開始聞水的味道、把腳掌探進水裡，又跳回來。後來很快就開始隨興玩水、在水裡互相潑來潑去、撞倒彼此。接著就安靜下來喝水，那時候我心想，真高興牠們第一次喝水是在這裡，因為現在水已經變得很乾淨了。」

「很乾淨？」彼得問。

「乾淨到喝進肚子裡也不會死掉。我們已經抽出有毒物質，現在只需要重新建立生物群系就可以了。」

她指著那包棉花糖，彼得搖搖頭，他現在什麼東西也吃不下了。

「那種感覺很奇特，」小玉拽著她絲巾的一角繼續說：「山謬爾和我已經做這工作四個月了，一直都是同樣的程序：抵達一個水源被汙染的地方，把水清乾淨，然後往下游移動，不斷重複。你們知道吧，除了人類會搬回來，也代表這個區域的動物未來有辦法繼續活下去，這樣當然很棒，不過這是我第一次真正感覺到我們做的事情是真的。因為看到了那個狐狸家庭，我現在覺得，那些狐狸寶寶是我的寶寶了。」

「講得好像妳能擁有一隻狐狸似的。」山謬爾笑她。

「我擁有過一隻狐狸。」彼得靜靜的說。他等待著痛苦的感覺像一雙手，緊緊掐住他的喉嚨。等那種感覺消退後，他說：「不過我不算擁有他，那個詞彙並不恰當。」他知道正確的詞彙——愛，他愛佩克斯，佩克斯也愛他，不過他沒有說出口。「他被馴養了。」

其他人加入彼得左右兩邊，聊著曾經養過的寵物，讓生命繼續向前。

可是彼得沒有繼續向前。

距離他最後離開佩克斯的地方，只不過北方八十公里遠，而八十公里對一隻狐狸來說根本算不了什麼。還有多少狐狸尾巴會有傷疤？但如果這兩個人看到的就是那隻雌狐和佩克斯呢？如果是這樣，就代表佩克斯現在已經有好幾個小孩了。

彼得忍不住想起佩克斯小時候的事。他回憶起自己將一團毛球從洞裡抱出來的那一刻。他記得狐狸的心跳，跳得很快，卻強而有力，強到彼得把狐狸抵在自己肚子上時，可以透過運動衫的羊毛襯裡感覺得到。

彼得將目光投向旁邊幽暗的森林，感覺自己心跳加快……這對情侶看到的可能真的是他的狐狸，佩克斯和他的家人，有可能住在這裡。

他猛然往後坐了下來。這下子他每分每秒想的都會是他的寵物了。這下子他每次見到森林裡出現一個影子、一抹橘紅，他的心緒就會陡升，再碎了滿地。他一天得施行一百次懺悔了，而且根本不會有效。

「我們什麼時候離開？」彼得打斷小玉和山謬爾，他們倆正在談話。

山謬爾聳聳肩。「大部分的人大約一個禮拜可以完成這裡的工作，也可能十天左右吧。」

一個禮拜，也許十天，實在太久了。

「有些人會留下來做水庫復育的工作……魚、貝類呀、水生植物什麼的。」小玉繼續說：「那通常又需要一個禮拜，所以是從現在算起兩個禮拜。」

兩個禮拜他會死的。「你們是先遣偵查隊，最先離開。什麼時候出發呢？」

「明天，」山謬爾說：「可是……」

「我要跟你們一起走，我要參加你們的隊伍。」

「不行欸，你沒辦法……」小玉說：「我們不帶青少年，我們的日子可簡陋了。」

「我去年一整年都住在沒有電的小屋，我會用柴火烹飪、使用指南針，還會製作濾水器，什麼都會。」

小玉猶豫了一會兒，馬上又搖搖頭。「不行，住在小屋是一回事，我們準備要去的地方很偏僻、荒蕪……需要特殊技能，而且這趟旅程得盡量精簡行囊才行。」

「可是我必須離開！」彼得站了起來，把手臂環抱在胸前。「拜託，我很了解那一區，我就是從那裡來的，去年我才去過那兒一趟。從西部的懸崖出發，穿越森林，走了六十五公里，一直走到那條河流瀑布旁的舊磨坊，軍隊就駐紮在那裡，從頭到尾都只有我自己一個人……」

「不行，小玉和我都不帶青少年。」山謬爾堅定的說。

「當時我自己一個人，還拄著枴杖。」

山謬爾和小玉抬頭，看著他。「拄著枴杖？」山謬爾問。

「我摔斷腿了。徒步了六十五公里、搭帳篷、攀登懸崖、涉水過河，全程拄著枴杖。」

山謬爾舉手投降，小玉咧嘴笑了。「睡一下吧，」她說：「我們黎明出發。」

13

在山脊頂部，佩克斯望著下方四百公尺左右發生的火災。

火焰沿著山谷盆地變黑的橢圓形邊緣吱吱作響。火不像逃竄的野獸，劈劈啪啪的怒吼，而是發出輕柔的嘶嘶聲，啃噬著草地，造成的煙霧還是嗆得萬物呼吸困難。過了一會兒，佩克斯聽見一個男人大喊，還有另一個人回答的聲音。他並沒有透過煙霧聞到人類的氣味，可是佩克斯一點也不驚訝人類出現在那裡，畢竟火的出現常常與人類有關。

佩克斯縮起身體再靠近一點，最後他分辨出兩個人，接著又發現熊熊大火最遠的另一端還有兩個人。他鬆了一口氣。儘管火充滿力量，還是為人類效力。人類有能力滅火，他以前就常看他的男孩用水柱澆熄火焰。

人類很快就會讓火停下來，總是如此。如果讓火往山丘上竄，佩克斯會沿著山脊去尋找河流，因為火不可能一路跟到河流，不過現在，他可以休息和吃東西。

他又往山上走，空氣比較清新。一棵倒落的北美油松樹，佩克斯用爪子扒開樹皮，吃蛆蛆當作一餐。他用大樹枝掩蔽身子，樹枝上還覆蓋著滿滿逐漸轉為棕色的松針。佩克斯將身體往後縮，只露出臉。他要在這裡休息，直到火勢撲滅，再繼續往南走。

佩克斯沒有睡，不過一直在同一個位置休息到下午。他往外看，發現人類已經沿著西邊移動，他們的火也跟著移動。他的正下方目前只看得見燒焦的土地上忽明忽滅的火光。佩克斯壓低腹部，悄悄溜下山。

來到變黑的盆地邊緣時，佩克斯腳下的泥土也變溫暖了。到處都是矮樹，看起來還是很灼熱的樣子，空氣裡滿是草和泥土燒焦的氣味，也有烤肉味，佩克斯發現很多燒焦的老鼠。他略過那些東西，可是當他在一個幾乎沒有被火災波及的坑裡發現一窩鵪鴣蛋時，就把蛋吃了。坑裡很溫暖，而且土地扎實得令人驚訝，不會很潮溼。

佩克斯冒險向盆地中心走，土地更燙了。一只乾豆莢就在他眼前爆開，佩克斯跳了起來，跳開時，後腳掌被一根悶燒的樹枝燙傷。

佩克斯趕緊又往山坡上走，躲在北美油松的樹幹後，舔拭腳掌。他把尾巴包覆在口鼻前方，抵擋煙霧，還閉上眼睛。他會等到黃昏，等空氣變得涼爽時，再嘗試穿越盆地。

這一次，出發以前，佩克斯先爬到山脊上，勘查任何可能尾隨的危險。看來沒有——之前連夜旅行時，他就沒發現任何掠食者的蹤跡，可是，腳掌復原以前，動作不會像往常那麼快，他得更小心行事才行。

山脊後側的空氣是乾淨的。陽光低低照在遠方山丘的白樺木上，宛如傾斜的雨絲，打溼樹冠、沿著樹枝往下流，從明亮的葉片滴落到地面。一朵淡藍色的蝴蝶雲朵就像在呼吸般，升起又落下。

有那麼一會兒，佩克斯沒看見任何需要提防的事物。他又舔舐了一次自己受傷的腳掌，準備離開，沒想到他瞥見白樺木下的灌木間有一陣小小的騷動。佩克斯靜止不動。

他跟著那陣騷動來到草地。除了被弄亂的草以外，佩克斯什麼也沒看見，這表示入侵者太小了，根本算不上威脅。說不定是一隻比較莽撞的兔子，或是外出捕獵晚餐的笨拙臭鼬。

佩克斯自己濺起一些礫石後，那隻生物現身了。

半是突如其來的恐懼，半是驚喜，佩克斯跳了起來。他全速衝下山坡，都快抵達底下的小溪了，來到他喘著氣的女兒身邊。

來到狐狸寶寶跟前時，寶寶停下了腳步。她坐下來，彷彿在等候歡迎似的揚起頭。**你丟下我們**。

佩克斯仔細檢查小小狐狸全身。她渾身都是沙土，心跳很快，但是沒有受傷。他把身子挺直撐到最高，往前豎直耳朵，把尾巴擺正。**妳不該跟著我啊**。佩克斯提醒女兒，早就叫她留在洞裡，聽媽媽的話。

狐狸寶寶在爸爸面前攤平身體。**你走很遠欸**。她將下巴擱在他的手掌上。

佩克斯早就警告過，小狐狸獨自旅行可能會遇上危險，各式各樣的危險。他訓誡她怎麼不聽話。這時候，狐狸寶寶倒是很聽話的一動也不動。

最後佩克斯總算把身子伏低，女兒曉得自己得到原諒了，她閉上眼睛，佩克斯舔她的臉頰時，她發出鼾聲，滾到一旁。

佩克斯叼起入睡的女兒，一跳一跳跑回山脊時，她在他的下頷搖搖晃晃，沒有醒。佩克斯將她安置在倒下的北美油松彎彎曲曲的樹枝上，女兒沒有受到驚擾，就連他圈住她，將下巴抵在她小巧的骨架上時，她也只在睡夢中發出一點呼嚕聲。

佩克斯將尾巴蜷覆在她身上。她休息的時候，要送回洞穴交給布莉索。這次他會更嚴格，命令她留在那裡，不過現在，只要保護她就好了。

14

第一天，他們只走了十公里，不過，是很艱辛的十公里：爬過綠薔薇、上上下下攀過低窪地，只要陸地無法通行，就涉水而過，從頭到尾都背著沉重的背包。

除了自己的衣服和露營裝備外，彼得的背包裡還有裝著爸爸骨灰的紙箱。他們健行的每一步，箱子都輕輕敲擊彼得的背，彼得想像成鼓勵自己的輕拍。

黎明就起床，為了抵達第一個測試點，他們整整跋涉了四個鐘頭。身旁翻滾的河流，彷彿趕時間似的隆隆作響，聲音太大，讓他們很難交談。反正路途艱辛到沒人有力氣聊天，這樣正好。不過，他倒是得知許多關於兩位旅伴的事。

小玉的腳程比他或山謬爾都還快，靈敏的躍過障礙物，還有餘力哼歌，彷彿這一切對她都是遊戲。她常常停下腳步，彼得學會跟隨她的目光，小玉總是會找到他絕對不想錯過的事物：在黑暗的森林裡毛色明亮得宛如火焰的黃鸝鳥；蜘蛛網沾染了河流上的霧氣，就像鑲嵌著珠寶；一如從童話故事中蹦出來的粉紅色毒蕈。相反的，山謬爾埋頭逕自筆直往前走，像一具機器。

有一次彼得還抓住他的手臂。「小心一點。我之前就是在像這樣的地方摔斷腿，」他指著一條泥濘的小徑說：「埋在泥巴底下的樹根看不見，但很滑。」他拉出雨衣，鋪在地上。「用這個吧，這樣比較安全，我晚上再放進河水裡洗一洗。」

在第一個採樣點，他們豎起露營桌，設置好儀器。山謬爾正在解釋要怎麼貼樣本標籤時，彼得站了起來。「我聞到煙味。」

小玉點點頭。「是另一組水戰士。他們沿著被汙染的小溪河谷放火，燒掉外來種雜草，再重新種植原生草。」

除了他們以外，還有其他隊員也在外努力，這種感覺很好，大家都想在戰後讓世界回歸正軌。彼得感覺自己也隸屬於某件重要大事的一員。

接下來，他們抽吸管決定工作分配——河水、沉澱物、支流的水。搜集完畢，他們會簡單的吃三明治午餐，打包設備，繼續上路。

往下坡走了一會兒之後，他們突然被迫停下腳步。落石坍方使他們這一側河岸很不穩定、沒辦法通行。

「測試用的設備不能弄溼。」山謬爾驚訝又擔心的望著底下的河流，看起來非常狹窄，水又很深的樣子，水流憤怒的沖刷著突出的岩石。「不能冒險，我們得往回走。」

「或者……等一下，」彼得四處張望，直到發現他在找的東西。

「你在笑什麼？」小玉問。

彼得走到河邊幾棵白色樹幹旁，開始扭來扭去的沿著最高的那棵樹往上爬。「白樺木彎腰。」他快爬到樹頂時，在樹上喊著。他用雙手抓住光滑的樹幹，彎下身體。樹一直往下彎，橫跨在河上，變成一座橋，輕柔的將他送到河流對岸。

彼得放開手，樹木就立刻往上彈回去。

小玉舉高手臂，拍手表示佩服，然後就束緊背包的綁帶，沿著樹慢慢往上。白樺木輕輕把她放下，彷彿知道自己正在輸送什麼特別的東西似的。輪到山謬爾爬上樹盪到對岸時，山謬爾忍不住咧嘴笑了出來，這個過程讓他看起來突然很像彼得同年紀的男生。

有什麼事情改變了。接下來的旅途中，彼得覺得自己不再像隻殷勤的小狗那樣跟著兩位水戰士，他沒有拖累他們，也不是某種責任。他覺得自己是他們的一分子，他們也對他一視同仁。

抵達第二個測試點，取好樣本、記錄完資料，彼得用砍下的枯木生火。不久，火堆上的燉菜就冒著沸騰的泡泡了。

彼得背對火坐在一顆石頭上，看著暮色降臨在河面。林木線上有顆星星升起，接著又是另一顆星星出現，然後又一顆。空氣中有煙味，不過也有青苔味，感覺充滿了祕密。彼得精疲力盡，全身痠痛，可是他也非常警醒。他覺得自己就像夜晚的一部分。

山謬爾將燉菜舀進三個碗裡，跟湯匙一起傳給大家。彼得移到圈圈裡，小玉遞給他一片麵包。彼得看著她把麵包折成兩半，用麵包去蘸熱湯，他也照著做。

「明天的行程會比較輕鬆，」過了一會兒，山謬爾說。他起身，收回碗和湯匙。「最少十二公里，也許會到十六公里。還有啊，今天那招漂亮。白樺木彎腰。幹得好，兄弟。」

彼得很高興現在天黑了，因為他感覺自己臉紅了。他站起來，將自己的舖蓋攤在這對情侶的對面，然後爬進去。他在腦海重播那句話一次，**幹得好，兄弟**。這句讚美來自山謬爾更是意義非凡，因為他惜字如金。要是爺爺能聽到就好了，還有爸爸。

彼得把指尖按在喉嚨上，感覺喉頭上硬硬的新的鼓脹。去年夏天，改變的聲音難以預料到讓他困窘，可是現在，他很喜歡自己的聲音，聽起來比較強悍。彼得也喜歡這代表的意義——他距離當個男人又更近一步了。

事實上，今年以來，他一直變得愈來愈堅強。他的手掌長了繭、肩膀也因為去年春天拄著枴杖的那一個月而變得更強壯。在佛拉家的田地拓墾一個夏天，讓他的肩膀變寬；花了六個月搭蓋自己的小屋，手臂和腿都更結實了。

在經歷懺悔時，彼得甚至覺得自己內心的正中央也堅硬起來，彷彿吞下一顆小石頭，而那顆石頭就端住在他搏動的肌肉核心。

可是，為了要自己獨居，他還得變得更堅強才行。

彼得把拳頭按在胸上，想像心裡真的有一顆小石頭。他想：**就讓那是顆巨大的岩石吧。**

15

一聽見人類的聲音，佩克斯就醒了，立刻變得警覺。

女兒蜷縮在他前腿。他退開，不吵醒她，悄悄溜出去窺看底下的河谷。早晨走到一半，陽光照耀著燒焦的草地。沒有一絲風，也沒有人類在場的徵兆，可是他再次聽到人聲。

佩克斯爬到山頂，回頭向北看。底下同樣的那些人又回來了，穿著螢光綠背心，聚集在溪邊。他們舉起矮胖的罐子，佩克斯看著人們分散開來，小溪兩側各有兩個。他們將身子彎向草地，點燃小小的火焰，繼續往西走，沿路點燃更多小火焰。火焰劈哩啪啦跳躍著，變成小溪兩岸往前捲動的地毯，阻斷佩克斯和女兒回家的路。

佩克斯趕緊回頭喚醒孩子。他帶領她走到山頂，陪她一起把身子壓低。火，記得這個味道。

小雌狐嗅聞著空氣。她瞇起眼睛，用力凝視一團團煙雲。**逃跑。火永遠都很餓，就算是這種被人類馴服的火也一樣。**

狐狸寶寶的目光掃過河谷，接著她張大眼睛。**那些是人類嗎？**

佩克斯知道人們鮮豔的外套讓她很驚訝。**人不必隱藏自己。他們不是獵物。並非所有人類都是綠色。**佩克斯記得彼得整天不斷加一層皮、脫一層皮。**你沒辦法用顏色來辨認人類。他們隨心所欲的脫皮。**

女兒縮回他腿的下方。**危險。**

佩克斯望著下方，幾個人類現在站在一起，看顧著火。在自由生活的這一年間，佩克斯從來沒遇過任何一隻像他以前那樣愛過人類的狐狸。不過他知道大部分狐狸都能自在的在人類周遭生活。布莉索對人類的恐懼很不尋常，不過也有道理——人類奪走她的父母和姊妹、害她失去毛茸茸的尾巴，而她的弟弟在斷背丘失去一條腿，也同樣是因為人類。

布莉索會教孩子們自己學到的教訓。

佩克斯附和。危險，離遠一點。我們現在得離開了。不能照原路回去。往東邊，有一條河，越過山脊抵達那條河邊，再跟著那條河回家。

河？女兒問。

無盡的水，像強風那樣猛衝。河的路徑是從水庫往南抵達布洛谷，延伸到更遠的地方。我們只要找到那條河，再跟著往上游走到水庫，那樣就會很安全，不會受到火的傷害，因為火是跨不過水的。

這一點佩克斯很確定。在得了戰爭病的人類炸掉土地的地方，每次火焰都在河邊熄滅。水永遠會擊敗火，所以火尊重水的領土。

一開始狐狸寶寶還跟得上佩克斯輕鬆的小跑步，她快速的小短腿就跟在他身後。可是她得爬上岩石、爬過掉落的樹枝，還有小草丘，所有地方對佩克斯來說，都是根本不必停下腳步、輕輕鬆鬆就能通過的。而且，她還一次又一次停下來，聞任何有可能成為食物的東西。

佩克斯聞到兔子窩的氣味時，就叫她躲起來千萬別動，好讓他去捕獵餐點。佩克斯把兔子扔在狐狸寶寶面前，可是她只是聞了聞味道，就抬起頭，充滿期待的模樣。

佩克斯還記得布莉索是怎麼餵寶寶的，他咬下兔子柔軟的腹肉，再把口裡的肉給狐狸寶寶，他見過布莉索這樣做。狐狸寶寶大口吞下，直到她的肚子鼓起來為止。

他們再次上路，這次步伐變慢了些。太陽下山時，小狐狸已經開始因為筋疲力盡而中途跌倒。

佩克斯試了三次，叼著她頸部的毛皮，帶她越過崎嶇不平的土地，每次她都發出號叫，表示抗議，不停扭來扭去，直到佩克斯放她下來。等到新月升起，她已經跌跌撞撞了。

佩克斯自己也很疲憊。他望向山脊，想找一個不會暴露行蹤的地方休息。在矮矮的峭壁底部，他看見一處灌木組成的平坦盆地。

他們斜著往下走，山麓的頁岩和燧石組成的碎石堆讓大小狐狸都往下滑。最後佩克斯在懸崖底部發現一個小凹槽。

這個地點很隱密——如果侵入者想從上方有什麼動作，落下的泥沙流會讓他們醒來；如果侵入者從前方過來，草叢乾燥的根莖會發出聲響。佩克斯沒有聞到獵物的味道，也沒聞到獵食者的味道。事實上，根本沒有任何生物的動靜。儘管如此，他還是非常焦慮。

他在洞穴裡繞來繞去，終於安頓下來。狐狸寶寶蜷縮在他身邊、閉上眼睛，把毛茸茸的尾巴蓋在她小巧、尖尖的臉蛋前。一直等到確認她睡著，佩克斯才離開小洞窟，到附近巡邏，探查聞不到的危險。

小灌木間沒有任何動靜。更令人驚訝的，是沒有任何新的足跡——沒有鹿彷彿折斷小樹枝般的蹄印、小徑上沒有浣熊紊亂的腳印踏過，就連草叢裡也沒有齧齒類動物建造的地道。

經過灌木叢後，出現了一排高高的、光禿禿的松樹。在松樹銀色的樹幹間，看得見一片片黑暗的池塘閃耀著光芒。

佩克斯嗅聞著。水聞起來有股奇怪的金屬味，就跟男孩車裡的味道一樣。他聞不到任何平常長在池塘裡或周圍的東西。佩克斯悄悄來到岸邊。池塘成了一片完美、靜止不動的橢圓形黑暗，每顆星星都反射在池塘表面了。池塘邊緣也沒有任何

東西在移動，只零零星星散布著褪色的骨頭。

佩克斯放鬆了下來。這裡不危險。

他喝了一點水，溜回峭壁的凹洞，蜷起身子包住女兒。她沒醒來，可是她在睡夢中發出咳嗽聲。聽見女兒的乾咳，佩克斯知道她需要水。

等她醒來，他會帶她到那座水波平靜、安全的池塘去。

16

吃了餅乾、喝了湯當作一餐後，彼得和小玉站在可以俯瞰河流的石頭上，將提燈放在兩人之間。山謬爾靠在旁邊一棵粗樹幹上，用手電筒看書。

「今天走了十五公里。」彼得說。他一直記錄里程數，到了中午左右，才覺得已經走得夠遠而鬆了一口氣，不用再冒著會遇見佩克斯的風險。

身旁的小玉發出哀號。「才十五公里呀，希望我們走得更遠呢。有太多事要做啦，雖然也快不了就是了。」

「今天和昨天採集的水樣本，」彼得說：「看得出什麼嗎？」

「一點點……我們得等到實驗室報告出爐，才能確定，可是我已經看出差別了。」

「差別？」

「山謬爾和我在水庫設點時就檢驗過這同一段河流了。沒錯，現在既然那裡的水質變純了，這區域的河流明顯有變乾淨。不過愈往下游走，水質愈糟。因為下游的水蓄積了被汙染的源頭溪流裡的水。等我們抵達下一個清理點，水質又會變得更糟。那是一座舊磨坊的軍營。軍人在那裡使用過一堆壞東西，都滲到水裡了。」

彼得轉身回去面對河流。他和爸爸最後一天在磨坊時，談了很多，可是彼得沒有問……他在軍中到底做些什麼工作？因為彼得一直不想知道。現在……彼得不由得想起爸爸是不是就是汙染水源的一分子。「那是附近最慘的地方嗎？」

小玉嘆了一口氣。「最慘的？那裡很糟糕，但不是最慘。還有一座池塘，只離我們其中一個採集點西邊一點六公里遠。」她對山謬爾喊道：「記得橢圓池塘嗎？什麼時候看到的？兩天前嗎？」

「兩天或三天前吧。」山謬爾的眼睛根本沒有離開他的書。

「橢圓池塘，那裡以前充滿了生機，像一顆小小寶石。可是反抗軍炸掉橋梁後在池塘倒了一堆重金屬，現在那座池塘裡什麼都活不了了。什麼都沒，環繞著池塘的所有植物也全死光，連老樹也一樣。那裡寂靜無聲，一片死寂。」

彼得身旁，有一隻蝙蝠俯衝飛過河面，鳥群嘰嘰喳喳從祕密的樹上發出啁啾聲，還有一隻貓頭鷹輕柔的啼叫著，到處都充滿了生命。

小玉搖搖頭。「年幼的動物都死了，成年的動物搬遷到別的地方去了。」

「那裡沒有動物嗎？」

「只有動物寶寶會死掉嗎？」

「對小寶寶來說，神經系統還在發展，只要喝了汙染的水，就會受到損傷，沒辦法復原。」

「小玉以前試過了。」山謬爾看書看到一半，這樣喊著。

小玉垂下頭。「現在不會了，」她喃喃自語。「我不會再試了。」

「不過，她真的努力過了。」山謬爾闔上書，放進背包走了過來，坐在小玉旁邊，用手臂環抱著她，臉上滿是驕傲。

小玉又嘆了一口氣。「一個月前，我們在那座池塘附近發現一個浣熊巢穴。兩隻浣熊寶寶死了，還有兩隻病得很重。牠們東倒西歪的走著，看起來是鉛中毒。我很想救牠們。」

彼得可以理解這種感覺。發現佩克斯快死掉的時候，他不顧一切的很想做些什麼，什麼都好，只要能救活這隻寶寶。他突然對這個女孩充滿了認同。「妳當時怎麼做？」

小玉抬起肩膀，微微聳肩。「餵牛奶啊，還有活性碳，試著幫牠們沖掉毒素。」

「有用嗎？」

「不曉得。浣熊爸媽讓我照顧那些寶寶，牠們就待在旁邊，至少牠們沒有要放棄自己的寶寶。可是後來其他隊員抵達水庫，我們就得離開了。責任在召喚，對吧？」

「我們會去那裡嗎？」彼得問：「再去那個池塘採集樣本？說不定可以看到牠們。」

「不會，」山謬爾說：「那裡是壺穴池塘。」

「那裡的水是地下水，」小玉解釋。「我們的任務是清理水庫與河流。所以那個池塘是另一個隊伍的任務。當時我們只是在等候其他隊員抵達，剛好到了那座池塘而已。」小玉伸展身子，將下巴枕在膝蓋上。「我現在都想像那些浣熊寶寶沒事，愈來愈健康，就像一般浣熊一樣，到處跑來跑去，如果不是那樣，實在太難過了。」

彼得可以從她臉上看出那會有多難受。「這個工作一定看過很多那樣的壞事吧。妳為什麼願意加入？」他問。

小玉舉起手，一副對這個問題不可置信的樣子。「當然是為了水呀！」

「她是水怪啊。」山謬爾附和。彼得再次從他臉上看見了驕傲。

「那當然囉！還有什麼比水更重要嗎？」她不可置信的搖搖頭。「你們也知道啊，水不只對動物很重要，人類也是由水構成的，我們的身體大部分都是水。」她又搖搖頭，旋即走去打包剩下的食物。

彼得轉向山謬爾。「那你呢？」

山謬爾望向河流。有那麼一會兒，周圍只剩下水花潑濺的聲音，彼得心想，或許他不該問。

但山謬爾回答了。「戰爭結束時，我很迷惘。你知道吧，我從軍以前，一直隨波逐流。我拋棄家人、讓所有的朋友傷心，不小心加入軍隊，結果我真的很喜歡身為團體的一分子，一起接受訓練，達成比各自的總和更棒的成果。我做的工作很重要，其他人仰賴我把事情做對。」

只做了兩整天的水戰士，彼得已經完全了解這種感覺。「你不希望那種感覺結束。」

「嗯，我不是希望戰爭繼續下去。戰爭很可怕，我看到恐怖的事。我哥哥死了──我們家唯一跟我親近的人。」山謬爾頓了一下，舉起手，揉了揉脖子上的刺青。「跟我一起接受訓練的人也死了。所以，不，我才不懷念置身於戰爭中，可是我懷念其他部分。團體感──你知道意思嗎？還有懷抱目標的感覺。所以，我遇到小玉，她告訴我水戰士的事，那對我來說就是一個答案。」

彼得從來沒聽過山謬爾講這麼多話。山謬爾別開頭，他臉紅了，彷彿也想起同一件事。他起身，揉了揉大腿。

「你要睡了嗎？」彼得問。

山謬爾點點頭，轉身走開。

彼得拿起提燈，跟山謬爾一起走向旁邊的睡袋堆。這時候他想起一件事。「等一下，你遭遇這一切，然後才遇見了小玉？」

山謬爾停下腳步，望向小玉。「去年冬天。」

「在你哥哥和朋友死掉以後？你失去那些人，你知道可能會發生什麼事，還是……為什麼？」

山謬爾睜大眼睛，使他這一刻看起來又很像一個男孩。「可是那正是原因啊。如果……沒有……」山謬爾打開手掌，又握起拳頭，彷彿試圖從空氣中抓住文字似的。「如果我沒有愛上小玉？噢，天啊……」他用力揪住運動衫，像是想把這個主意從胸中扯掉似的。「我甚至沒辦法，不……」

彼得點點頭，因為山謬爾顯然期待他的認同。可是在他的心底，他認為山謬爾大錯特錯。

他望著山謬爾走回正在打包廚具的小玉身旁，用單手環抱住她。小玉把頭往後靠著他的下巴，因為他的突襲，她笑得很開心。即便在就要消逝的暮色籠罩下，彼得還是看得出山謬爾並沒有笑，而他的拳頭自始至終都擱在胸前。

17

狐狸寶寶在正午時分醒來。她還是很睏，輕輕將頭埋在佩克斯胸前，佩克斯知道她需要媽媽的照料。他溫柔的舔拭她全身，他看過布莉索這樣做。

等她毛上的灰塵和砂礫清乾淨，他們匆匆忙忙從懸崖往下爬，佩克斯開始清理她的腳掌。小小的肉墊受了很多傷、都磨破了。她沒有哀號，讓佩克斯挑出頁岩和小碎石，可是每挑一次都縮起身子。讓她這麼痛苦，佩克斯很難過。

等清理完畢，她四隻腳掌都滲出鮮血。她用力收回腳掌，自己舔拭，佩克斯看到她舌頭很乾。他至少有辦法解決這個問題。

我帶妳去池塘喝水。他將下巴輕輕靠在女兒脖子上，可是她扭動著身子掙脫了，一拐一拐的走到離他幾步遠的地方。

佩克斯尾隨她。**不行。妳會留下血跡。獵食者喜歡抓寶寶，尤其是受傷的寶**

寶。他把她叼了起來，這次她沒有掙扎。他迅速越過乾燥的灌木叢抵達池塘邊，女兒就在他胸前晃呀晃。佩克斯踏進水淺的地方，再一次感到驚訝，因為水裡沒有閃閃發光、快速游動的小魚，也沒有尾巴已經消失的青蛙。他把女兒放下來。**水會舒緩疼痛。**

狐狸寶寶現在很溫順，水浸到她的膝蓋，她開始喝個不停。等她喝到肚子鼓鼓的，佩克斯帶她來到舉目所及僅見的綠色植物旁，是一叢快要枯死的杜松，可以暫時充當隱蔽所——這裡沒有獵食者，而且只需走幾步就可以到水邊。

佩克斯發現了另一個優點。**在這個地方，可以學游泳。**

18

天氣很熱——說是五月中，感覺卻更像七月，一路上很泥濘。彼得的任務包括抽取泥沙，所以他正舉步維艱的沿著河岸前進，滿是泥巴的長褲摩擦著他的小腿。這時小玉趕上他，舉起手鬆開頭上的髮夾，遞給彼得兩根。「把褲腳捲起來，用這個夾住。」

「噢，謝了，可是……」彼得對她垂下來的頭髮點點頭，小玉的頭髮已經黏在脖子上了。

她聳聳肩，折斷身邊一叢唐棣的莖，折成兩半，將頭髮捲成一團，再把小樹枝穿過去固定住，接著她就晃到一堆柳樹旁，一面揮趕蚊子，鑽進了柳樹堆。

彼得撿起一組新的採樣工具，沿著河岸往下爬，來到山謬爾正在裝水的地方。山謬爾挺直身子，做了一個用刀戳刺自己心臟的動作。「對吧？」

「什麼？」彼得問。

「好心腸啊。她的髮夾。」他回頭瞥了跪在蘆葦叢中的小玉一眼。「那是她的祕密武器，我到現在還是會被她突襲。」

「祕密武器？」

「我是說……你不知道那要來了……突襲！或者那只是我自己的問題，也許是我的成長方式，我從來都沒辦法預料到。可是有些東西會讓你受傷，或者你會需要什麼，她就會說或是做點這種事情，然後你就被刺了一刀。」

彼得點點頭，打開工具組的拉鍊。「祕密武器。我懂了。」

「只不過那不會傷害你，而是治療你。」山謬爾又用大拇指刺了自己的心臟一次，這次帶著微笑，接著繼續彎下身來工作。

後來，小玉和山謬爾在帳篷的桌上消毒今天的裝備時，彼得坐在河邊，把光腳丫放進涼爽的河水中。他握著小玉的髮夾，又想了一次山謬爾的話，說小玉的好心腸就像她的祕密武器。

山謬爾只是在說祕密的部分，不是武器的部分。奇怪的是，最近只要有人對他

好，比如佛拉——提供他一個家，或是建議他爺爺以後也可以搬過去，彼得就會覺得受傷。或者至少察覺到自己會有受傷的風險。

這不公平。彼得知道。佛拉並不想傷害他。小玉給他髮夾時，當然也沒有——她只是展現出慷慨的一面。彼得突然想到，他還沒跟小玉道謝。

彼得覺得很羞愧，他穿好靴子，重新往上游走，回到之前看見樟樹的地方。他用大折刀砍下樹莖，粗細跟鉛筆差不多。他砍下兩段大約兩百公分長的莖，剝掉樹皮，把木頭削得平滑，還特別磨圓尾端。

他在山謬爾所在的河岸旁找到小玉，山謬爾正站在河裡，水深及膝。他們兩個都對著底下一顆石頭皺眉。

小玉揮手，彼得走到她身邊。「謝謝妳今天借我髮夾。」他拿出禮物。「這個，可以當作髮帶。」

「真漂亮，謝謝你。」小玉從包包頭上抽出小樹枝，微笑著，重新用彼得打磨過的樹莖固定好頭髮。

彼得覺得自己被原諒了。「是樟木，」他說：「樟腦丸也是用樟木做的，所以也可以驅蚊。」

小玉突然指著水裡的什麼，山謬爾立刻衝向前面。

「你們在做什麼？」

「這裡有幾隻木雕水龜，」山謬爾咕噥著。「牠們速度太快了。」

「牠們瀕臨絕種了，」小玉解釋道。「我們在想……如果可以抓到一隻，就可以抽取血液樣本，看看牠們生活得還好嗎。可是牠們的動作實在捉摸不定，我們根本沒辦法靠近。」

「這樣啊，我知道要怎麼抓，」彼得說：「我馬上回來。」

他踏進灌木叢，鎖定一株年輕的黑櫻桃，用大折刀砍下一根細枝。彼得拔掉側生的枝椏，直到剩下兩百公分高、光禿禿的Y型樹枝為止。他彎曲Y型樹枝，直到兩邊碰在一起，再彎回來，編成大約三十公分寬的環圈。接著，他再從樹的底部摘下一些新生的枝枒。彼得把這些枝枒跟環圈編在一塊兒，最後做好一張堅固的網子。

他帶著網子過來。

小玉咧著嘴笑了，她拿起網子跨進水裡。一分鐘後，等山謬爾用手指出位置，小玉就把網子浸到河裡，撈起一隻烏龜。她將烏龜翻過來，讓烏龜肚子朝上，用安慰的語調對烏龜說話，山謬爾則拿出針筒，幫烏龜抽了一小管血。

小玉將烏龜放回河裡，她的腳濺起小小的水紋，還輕拍了烏龜殼一下，做了個小小的道別。她直起身，對彼得鞠了個躬。

彼得臉上漾起微小卻驕傲的微笑，他不得不隱藏起來。「沒什麼，春天的野櫻桃樹枝真的很軟、可以彎得動。」

山謬爾到露營桌邊，把樣本歸檔。小玉坐在河岸邊，拍拍她身邊的位置，示意彼得坐下。「你很懂樹呢！」她說。

彼得將手肘往後靠。「樹很神奇。妳知道樹會互相溝通嗎？」

「真的嗎？就跟人類一樣？」

「比人類更厲害。」

「更厲害？樹怎麼溝通呢？」

彼得幾乎就要開口說……**樹不必觸碰彼此**。可是他知道那樣講聽起來很怪。

「更厲害……是因為樹不直接溝通，那樣很慢，又沒效率。樹比較像是用化學心電感應。」

山謬爾過來，坐在彼得另一邊。「化學心電感應？」他揚起一邊眉毛。

「真的，就像……在乾草原，長頸鹿開始吃一種金合歡樹的時候，樹就會從地底，藉由真菌叢傳達訊息。有時候，真菌甚至有一點六公里長。這樣一來，附近所有的金合歡樹就會釋放出一種帶有苦味的化學物質到葉子裡，長頸鹿就不會吃了。或者，如果一棵樹很痛苦，就會釋放出訊息，說『嘿，我這裡需要幫忙』，這樣其他的樹就會傳一些糖分或其他需要的東西過去。」

「那太神奇了！」小玉把頭往後仰，盯著葉子茂盛的樹冠。「我們頭頂的一整個社群，用聽不見的語言，在我們底下互相交談。」

「我覺得人類如果有辦法，一定會進化到這樣。如果我是樹，只要想著『嘿，我需要幫忙』，這個區域的人就會接到訊息，送來我需要的東西。」

山謬爾指著彼得腳邊的網子。「你怎麼會做這個？還有白樺木？還知道樟樹可以驅蟲？」

「噢，都是我的……」彼得始終不曉得該怎麼稱呼佛拉。監護人？朋友？也不是家人，不過很接近，太接近了。「是和我一起住的那個人……」

小玉歪著頭。「你沒有跟家人一起住？」

山謬爾在一邊，小玉在另一邊，彼得忽然感覺自己被困住了。在這個位置，這對相愛的情侶之間，他沒有安全感。他起身，把網子擱在一棵樹旁，才回答：

「嗯……我爸媽都離開了，至於我爺爺嘛……他沒辦法欸。」

小玉站了起來。「爸媽都離開了是什麼意思？」她的聲音很低很輕柔，就跟之前她安撫烏龜時一樣。「噢，不，彼得。他們該不會都過世了吧？」

這時候，山謬爾也站了起來。

彼得的手塞進口袋裡。「媽媽在我七歲時死了；我爸是在十月的時候。」他將目光投向河流對面的森林，因為他知道，他們臉上會是什麼表情——當他到了新學校，不管告訴誰這件事，誰都是那個表情，每次都一樣。彼得討厭那個表情，混合了恐懼與悲傷，讓他想起之前發生的事有多糟糕、有多難受，他才不需要別人提醒。他的手緊緊握住口袋裡的折刀。

「十月？」小玉甚至用了更小的聲音問：「那不過是幾個月前？」

彼得點點頭，可是沒有抬頭看她。「他參加了戰爭，在戰爭裡有許多人死去。」他從口袋抽出折刀，放在手掌上滾來滾去。「我可以砍一些麻繩，做一張真正的漁網。我打賭河裡有魚，可以抓來當晚餐……」

「你在發抖。」山謬爾說。

彼得看著折刀，折刀在顫抖。不對，是他的手在顫抖。他的手臂……事實上，他整個身體、他的腿，全身所有的一切似乎都抖個不停，就像有一陣新的危險電流穿過他的身體。

小玉靠近他一步。「我覺得你正在說『嘿，我這裡需要幫忙』。」

彼得猛然抬頭，想看看小玉是不是在開玩笑。

小玉用鼓勵的表情對他笑。她不是在開玩笑。她張開雙臂，彷彿做出這個動作是很合理的判斷。

時間暫停了。最後一個抱過彼得的人是他爸，在一年前，彼得讓佩克斯離開，他走回山丘下道別，在磨坊那最後一天。

一個星期後，彼得回到佛拉家，問佛拉可不可以跟她一起住，不得不說「不會帶著我的狐狸」時，佛拉也嘗試抱抱他。彼得推開了她的手臂。

還有爺爺——嗯，爺爺從來沒嘗試過，就連收到彼得的爸爸死了的消息時也是。就像老人的肩膀生鏽了，手臂也抬不起來，沒辦法做出擁抱的動作。

彼得發現自己沒有在呼吸。喉嚨好像腫到鎖住了。他吸入空氣，鼻孔撐得很開，空氣幫了他一把，但還是沒辦法讓他停止發抖。

「我去砍麻繩。」彼得說，就連他的聲音都在顫抖。他把折刀塞回口袋，準備去找工具箱。他是真心想過去，可是才走到半路，他的腿就不聽使喚了。

彼得轉身。他越過了與相愛的情侶間的距離，感覺到他們將自己環抱在兩人之間，還可以，因為那樣可能會讓他們感覺好一些，再說，等到工作結束後，彼得就要獨自生活，說真的，幾個禮拜的相處能造成多少傷害呢？

他又在他們抱住他的那個空間裡發抖了一會兒，然後顫抖就停下來了。

19

佩克斯和狐狸寶寶在靜止的池塘休息了三天。佩克斯每天都在黎明時分離開，到山脊另一邊去狩獵，山脊另一邊總是有獵物，佩克斯會抓住他奔跑的獵物，而他的皮膚總是焦慮到感覺刺痛，因為沒辦法看顧自己的孩子。

狐狸寶寶第一天還很不安。爸爸不准她到處探索，她一下子就生氣了，佩克斯堅持在短程移動時親自背她到水邊。等她喝完水，他會涉水踏進靜止的池塘，她也會跟著這樣做。冷水環繞著她的脖子時，她抬頭望著他，對周圍的一切很沒有把握。

佩克斯游到一旁，又轉過身來，發出吠叫聲，呼喚女兒。

狐狸寶寶跳進水裡。她一次、兩次、三次劇烈扭動身體，一下子沉進水裡，一下子又劈劈啪啪的拍著水浮起來。佩克斯一直游在她身邊，用平靜的態度鼓勵她，沒多久，她就能撥著水穿越池塘的水面了。

第二天，狐狸寶寶卻安靜的躺著，並沒有試圖離開巢穴。佩克斯帶她到池塘邊，喝過水後，佩克斯再次要她嘗試穿過水面。她無精打采的游了一會兒，馬上就要佩克斯帶她回巢穴。

第三天，她的頭幾乎沒有抬到刺刺的灌木叢上方。

那天佩克斯也沒找到任何獵物，就算越過山脊也一無所獲。他趕回來，輕輕推醒女兒。**該繼續往前了。**

她起身，在午後陽光清澈的光線下眨著眼，可是立刻癱向一旁，左後腿還抽搐著。

佩克斯很困惑，他仔細檢查她全身。腳掌已經痊癒了，也找不到其他外傷。他要她起身。**這裡已經不安全了。我們要游到池塘對面，才不會留下腳印。**

她再度起身，搖搖晃晃的跟著爸爸到岸邊。越過這座小池塘不會花太多時間，可是小狐狸才抵達岸邊，立刻倒了下來，閉上了眼睛。

佩克斯抖動著身體，把毛弄乾，然後爬上一塊寬大的石頭，辨別風向。

風從東邊飄來，捎來了不遠處河流的消息：天氣宜人，草地沒有火災，可是有營火。

還有一件震驚的事。

他的男孩。他的男孩在附近。

彼得，離他而去超過一年了。彼得，他愛了大半輩子的人類，後來他學會了不需要他的生活，那個男孩就在附近。

佩克斯讓自己平靜下來，保持專注，再確認——是的，他的男孩在河邊，和另外一個人類，也可能是兩個人。

大腿的肌肉緊縮，因為他浮現了舊時的衝動，想要奔向男孩，彷彿時光未曾流逝，可是他遲疑了。

因為時光的確流逝了。時光拖得很長，一路越過整個去年夏天。佩克斯曾經期待彼得回來找他、帶他回家。可是那個希望跟夏日的溫暖一同流逝，到了秋天，他已經了解，他的家是與布莉索在一起，不管哪裡，只要是她覺得安全的地方。當他和她一起在廢棄農場安頓下來，佩克斯已經完全不再尋找彼得了。

微風變得清新。一陣新的甜蜜香氣，混和了木頭營火的氣味，還有男孩的味道，挑起他的回憶。

佩克斯還很小的時候，曾經與彼得和他爸爸一起到森林裡住過幾天，他們住在小溪邊一間迷你的布製小屋裡。男孩的爸爸生了火，烹煮了食物，彼得就跟佩克斯分享。後來兩個人類在炭火上舉著棍子，一種溫暖、甜蜜的味道——很奇怪、但是很有吸引力。從棍子白色的尖端升起，佩克斯望著彼得和他爸爸吃著那個味道很香的白色尖端。

佩克斯被吸引了，他衝了進去，搶了一根彼得擱在旁邊石頭上的棍子，接著發出號叫，他被超燙的棉花糖嚇了一跳，棉花糖都黏在他口鼻上了。他的男孩跳了起來，脫掉自己的上衣，把上衣浸在小溪裡，把涼涼的布蓋在佩克斯嘴巴上，抱著他，安慰他。佩克斯感到很安全，覺得男孩很愛他。

佩克斯又吸了一口風的味道，裡頭有他想念的男孩的味道。佩克斯決定了。

他跳向女兒，用鼻子輕輕碰觸、叫醒她。*我們要走了。離河流不遠。*

她起身，佩克斯看得出她還是因為游過池塘而筋疲力盡。他得背她，這麼辛苦的移動，佩克斯需要日光的幫忙。

他帶她來到一叢乾燥的須芒草旁。休息吧，我們清晨出發。

20

「剩下這些了。」山謬爾拿出一包棉花糖，還有三根柳樹枝。彼得拿了一根柳樹枝，串上棉花糖。夜晚很冰冷，火已經全部化為灰燼，正是吃棉花糖的完美時機。

望著棉花糖轉為棕色，一段回憶湧上心房。彼得八歲生日時，爸爸帶他去露營，還同意帶佩克斯同行。那是一個很棒的週末，可是最後一晚，坐在火邊，彼得犯了一個錯誤——他將一根棉花糖擱在旁邊放涼，結果佩克斯叼走了棉花糖。彼得立刻用溼上衣包住小狐狸的口鼻，他後來感覺很糟，糟到讓他跑去告訴爸爸，他覺得自己不配擁有寵物。

「嗯，我不這麼想，」爸爸回答，指著睡在彼得膝蓋上的佩克斯。「我也不覺得你的狐狸會那樣想。你知道嗎，正好相反。發生意外時，你跳了起來，好好的照顧佩克斯。你很負責。我覺得，也許你的狐狸因為這件事恰好明白……他受傷時，你能讓情況好轉。」

八歲，那個領悟讓他很震驚——你可以用完全不同的觀點，看待同一件事。彼得想著想著就睡著了。事實上，即便已經快要十四歲，想起這件事的感覺還是很不可思議。

山謬爾從彼得身邊站了起來，打斷回憶。他遞給彼得之前在火堆旁烘乾的三雙靴子。「該睡了，」他說：「明天天亮前就得出發。」

彼得用力拉上靴子。「為什麼？」

「水戰士的第一小隊明天會從水庫出發，得在他們到達目的地前先抵達，所以接下來這幾天我們得走很多路，今天提早上床睡覺吧。」

「我很高興可以離開，」小玉說，雖然她根本沒有打算起身的樣子。「彼得，就是這裡。我跟你說過的池塘就在西邊。我不喜歡想起浣熊的事。」

她檢查自己的靴子，放回炭火邊。「還是溼的。」她發著抖，彼得以為她可能正在想像那些浣熊寶寶怎麼樣了，可是其實不是。她將身子往前傾，捏了捏腳趾。

「我的腳趾永遠都是冰的。」她感嘆著。「看看這些軍用襪，給我真正的羊毛襪吧！」

山謬爾大笑，表示認同。「真的，永遠冷吱吱。」

彼得愣住了。他從火堆上抽回棉花糖，放到一旁。

另一段回憶刺中彼得的心：小時候，媽媽會在床上念故事，彼得會縮在旁邊，欣賞書上的插畫。故事念到一半，媽媽會把她的光腳丫探到彼得的膝蓋底下，說著：「冰柱來囉！」真的，她的腳很冰。於是彼得總是將膝蓋靠近媽媽的腳趾，媽媽每次都會做出很誇張的回應，驚嘆彼得的膝蓋多麼溫暖，讓彼得長出小男孩的驕傲，感覺自己閃閃發光。

有那麼一分鐘的光景，彼得想像自己把膝蓋借給小玉。他會不以為意的聳聳肩，因為那只不過是在表示善意而已。而且，還有誰會比這個女孩更了解好心腸是怎麼一回事呢？不會有事的。

可是不對，也許不行。就算透過衣服，也感受得到肢體碰觸。有時候，佛拉會輕輕拂過他的肩膀，或是示範怎麼使用工具時，將手擱在彼得的手上，就連這些事，都會讓彼得微微動搖。昨天的擁抱，讓他覺得身體裡有什麼東西被打破了，彼得沒辦法判斷那到底是不是好事。

就在這個時候，小玉伸出一條腿，用腳趾拍了拍彼得的屁股。「冰柱來了！」她笑了出來。

彼得覺得自己的喉嚨緊縮。他用力縮起自己的下巴，閉緊眼瞼，不讓眼淚掉下來，別開臉。「我好累，」他說：「我要打開鋪蓋。」

他起身，可是小玉跳了起來，將一隻手放在他腰上，攔住他。「對不起！我是不是說了什麼你不想聽的話？」

彼得用手掌摩擦眼睛。「是煙。妳沒有說什麼。我只是累了，今天走了很多路。」

「那當然，我還是很抱歉。看到你那麼嚴肅，我只是想逗你笑。快去睡吧。」

彼得逃脫了。他盥洗完畢，鋪好鋪蓋。他選了離火堆較遠的那端，一塊又硬又平坦的石頭，上面覆滿了地衣。

他從背包裡拿出放了爸爸骨灰的箱子，將箱子小心翼翼放在枕頭那一端，用運動衫裹住。他爬進鋪蓋，背著火堆，一口氣把拉鍊拉到最頂。

21

雖然從靜止的池塘走到河邊並不遠，佩克斯和女兒抵達時，天早就亮了。她很想自己走，可是每次嘗試，都很快就跌倒，看起來一臉茫然無助。每次佩克斯試著幫她站起來，她都會掙扎一番，可是她最後連掙扎都放棄了，讓佩克斯背著她，他只要一跑，就算只是小跑步，她都會發出哀號，所以他們只好非常緩慢的前進。

現在佩克斯將她溫柔的放在河岸邊一座光滑的樹根上，顧著女兒，同時觀望眼前的新環境。

空氣裡有青苔、蕨類和變冷的營火味——彼得和其他人類至少已經離開一小時了。山雀在頭上高高的地方爭奪著冬日最後的松果，樹皮甲蟲在他們身旁死掉的榆樹上疾走，水流靜靜潑灑在底下布滿石礫的河床上。

河流，佩克斯為女兒解釋，*水流的力道很大。我們必須待在水流淺的這一端。*

佩克斯預期充滿好奇心的女兒會跳到河岸探探，已經準備好要跟著她。可是狐狸寶寶只是將頭靠在佩克斯腳邊，閉上了眼睛。她的呼吸慢下來，又突然睜開眼睛，再度艱難的站了起來。

妳聞到的是人類的味道，佩克斯為女兒確認。**他們已經離開了**。他再次邀請她到外頭探險。**河流？**

狐狸寶寶拒絕了。她又倒在地上，緊緊將自己蜷縮在樹根之間，睡著了。聞過空氣，確定附近沒有掠食者後，佩克斯先離開女兒，調查男孩的去向，他幾小時前明明還在這裡呀。

佩克斯得到這些訊息：彼得很健康。與另外兩個人類一同旅行，一男一女，他們之間並沒有攻擊行為。他們跟著河流走——從北方過來，要往南方走。停留在這裡的時候，他的男孩曾經在柴火邊吃過東西。佩克斯還聞得到一絲絲肉和棉花糖的氣味。佩克斯追蹤到三根殘枝，尖端還留著殘餘的黏答答禮物，上頭全是螞蟻。

接著，佩克斯又檢視了彼得睡過的空地。他的男孩選了一個很好的地點——面對很棒的河景，地衣床也很乾燥，只有一些無害的昆蟲。佩克斯垂下口鼻，吸進愛過的男孩的氣味。

他瞥了一眼正在酣睡的女兒，再次感受到一股衝動，想要教導她自己已經學會的重要事物。他小跑步回去，輕輕碰觸她、喚醒她。**跟我來。**

狐狸寶寶順從的起身，可是她現在甚至比之前更搖搖晃晃了。佩克斯把她叼了起來，她沒有抗議。

不過，佩克斯一放她在地衣床上，她立刻跳到一旁。警覺的壓平耳朵，脖子上的毛髮也豎了起來。

佩克斯要她回來。

她拒絕了。

他再次把她叼到同一個地點。

人！她抗議，又退得更遠。**人類。危險。**

對。大部分。

狐狸寶寶沒有靠近，不過她坐了下來。**大部分？**

佩克斯知道女兒很固執，就跟她媽媽一樣，所以他等待她消化自己的意思，最後總算看到她放下戒備。

他聞了聞地衣上的氣味。這個不會。我的男孩。

她豎起尖尖的耳朵表示疑問。

佩克斯躺了下來。到這邊來。

過了一會兒，狐狸寶寶小心翼翼的移動到他身邊，躺在佩克斯前胸的白毛邊。

佩克斯將腳掌擱在她肩膀上。我還小的時候，比妳現在還小，病得很重。那時候我還沒有記憶。我只是知道而已。一個人類男孩把我帶到洞穴外。

狐狸寶寶睜大了眼睛。你的爸爸媽媽答應嗎？

爸爸媽媽死了。男孩帶我到他的洞穴。他餵我吃東西，用他的皮膚溫暖我。

這個男孩是爸爸媽媽？

佩克斯思考了一下。對，他同意。爸爸媽媽。後來，是朋友。這個人類只用溫柔的聲音跟我說話。他用手掌保護我的安全，可是從來不會抓得太緊。我叫他，他就會來。我可以信任他。

狐狸寶寶很安靜。佩克斯知道她正在衡量這些資訊如何牴觸了媽媽的警告。

她垂下口鼻，吸進彼得的味道。你怎麼曉得人類的意圖？

人類的意圖表現在他們的臉、味道、聲音，還有姿勢上。

就跟狐狸一樣？

對，就跟狐狸一樣。不過人類會假裝。

你怎麼知道哪些人類可以信任？

佩克斯思考著。仔細觀察，時間一長。他們就會表現出來。

22

山謬爾選了最吃力的工作，艱辛的跋涉穿越灌木叢，尋找溪流的源頭。彼得和小玉留在河流的主線，收集河水與沉澱物。這段河水平靜又滿布青苔，看起來是亮閃閃的綠。

小玉爬了出來，遞給彼得一個罐子。她靠在露營桌旁的樹幹上，望著水面。「這一段，是整條河中最完美的一百公尺了。」

彼得幫罐子貼上標籤，露出了微笑。「山謬爾說妳在每個河流彎曲處都會講同樣的話。他說：『那個女孩喜歡河。』」

小玉點點頭。「沒錯，我愛所有的河流，可是我真的特別喜愛這一條。噢，不像大部分的河那麼大，有些地方才幾尺寬，不過已經夠了，不會被降級為小溪，只差一點點，對吧？是啊，雖然不大，卻用決心來彌補。」

「決心?什麼意思?」

「這條河永遠都在流動,絕不讓任何事物阻撓,彷彿知道受到阻礙的水就會停滯不前。」

彼得放下罐子,興致勃勃的望著河流。他喜歡聽小玉說話。

「這條河尤其獨特。你知道嗎,這是我的河。」

「妳的?」

「我爺爺奶奶住在這條河邊,大約往下游一百公里左右的地方。嗯,他們現在還住在那啃——是一個小小的城鎮,沒有遇上戰爭,每一戶都有自己的井,所以沒有人離開。我小時候每個夏天都和他們在一起。我有自己的划槳小船,我認識每個河灣、每隻河狸蓋的水壩、每隻天鵝的巢,就這樣,所以這條河就成了我的河。」

小玉又拿了一個新罐子,把水加進去。他們找到一種輕鬆的節奏,工作了一小時。河流在午後的陽光下輕輕發出呢喃,聽起來很有耐心,一點也不著急。彼得感覺自己跟著河流平靜的水波一起漂浮著。

小玉拍了他手肘一下,嚇了他一跳。彼得向下看著手裡的樣本。「我裝錯了嗎？」

小玉搖搖頭，使了一個眼神，望向頭上一根松樹枝。「看見那個傢伙了嗎？」她輕聲說：「那隻山雀？我覺得牠準備好來拜訪我們了。」

彼得確認一下山雀位置，至少比他們高幾公尺，牠正熱切的研究著他們。「嗯，牠不怕人，因為牠有翅膀吧。」彼得也認同。「可是我不覺得牠會靠得更近。」

「會喔，真的。從我們拿出東西開始，牠就一直在附近晃來晃去了。牠很好奇。如果給牠一點機會，牠馬上就會過來的，看吧。」小玉從口袋拿出一根穀麥棒，舉起來，好像專程想讓鳥兒看見似的，又輕輕剝掉包裝紙。

她盤腿坐在地上，拍了拍她旁邊的位置。彼得放下馬克筆，在她旁邊調整好舒適的觀賞位置。

「你來。」小玉低聲說，彼得感到意外。她剝了一點穀麥棒，放在彼得手上，把剩下的收進口袋。她舉起手臂，手心向上。「看到了嗎？朋友，」她呼喚鳥兒。

「我們可以繼續講話，」她對彼得說：「聲音輕一點、溫和一點，可以嗎？也不要突然有大動作。」

他們就那樣坐了一會兒，三隻生物觀察著彼此。這時候，小玉輕輕將頭轉向彼得說：「有時候，你不覺得他們在試圖跟我們產生連結嗎？就像是在說：『嘿，你會餓，我也會餓，我們好像喔！』」

彼得點點頭。「我以前養狐狸的時候……」他望著河流，給自己的肺部一點時間充氣，把氣打到喉嚨，再把話吐出來。他的肺不太爭氣。

「我以前養狐狸的時候，大家一直跟我說同樣的話。『我在森林裡散步，突然發現路邊有隻狐狸，好像牠只是剛好跟我走同一個方向似的。』妳知道嗎？大家總是會形容，說狐狸看著人的方式就像……嗯，是同伴……地位相當的意思。然後那個人就繼續走，忘了這件事，直到過了一會兒以後，往旁邊看……又是那隻狐狸。大家都這麼講——那隻狐狸彷彿在說：『嘿，我在路上，你也在路上，我們一起走囉，酷。』」

鳥兒往下跳了幾根樹枝，往外探頭，好將彼得手上的禮物看得更清楚一點。

「我也遇過，」小玉說：「松鼠啊、烏鴉啊……有一次，一隻小鹿一直跟著我，直到小鹿媽媽出來阻止，也不能怪牠啦，因為人類會吃鹿啊。」

彼得看著山雀來到最低的樹枝，啄了一下肩膀的羽毛，又歪著頭，用敏銳的黑色眼睛研究彼得。

彼得放低聲音說：「大家都覺得自己像是被選中了，狐狸彷彿下了決定，認為他們值得信任。」

山雀橫著走到枝枒尾端，在纖細的松針上搖擺著。彼得和小玉停止交談，就像是在為他們的訪客保留私密空間。

彼得從眼角餘光看見鳥兒行動了。牠降落在他最長的指頭尖端，彼得感覺到細小的鳥爪緊緊抓牢。

小玉定住了，一動也不動，只用眉毛告訴彼得她有多開心。彼得也挑眉回應，同時感覺到靜靜的笑意溫暖他全身。鳥兒進食的時候，小玉慢慢轉過頭去對鳥兒微笑。彼得心想：**那個微笑，可以消泯任何物種之間的界線**。

山雀甩了甩牠胸前的羽毛，飛走了，彼得大聲笑了出來。他被打動了：這又展現了小玉的好心腸……她的祕密武器。她幫他製造機會，讓他跟野生動物相處，現在他成了一個會開懷大笑的男孩。

小玉拿出剩下的穀麥棒，折成兩半，給彼得一截。「這就是交流。跟一隻鳥耶，你相信嗎？我們竟然這麼幸運。」

彼得咬了一口，然後邊吃邊思考。「佛拉聽到我養過狐狸，說我很幸運，她說不是每個人都有機會跟野生動物有那種連結。她說那叫作『二不等於二』。互相關聯，是佛教的想法。」

小玉點點頭。「非二元論，我聽過。所以，你回去以後，會再養另一隻寵物嗎？」

「回去？」

「回家啊，回佛拉家，等你服務完畢後。」

也許是因為山雀，也許是因為河流一直發出愛睏的呢喃，有什麼東西讓彼得放下了武裝。「我不回去了，」他說：「過了磨坊就是我老家，我要去那裡。」

小玉往後坐了下來。「可是……那裡有誰呢？」

「現在沒有人。可是等水戰士完成工作，人們會回來。」

「不是，我是說……」小玉把手交疊在膝蓋上，試圖安撫什麼似的。「你十三歲，不能自己住。」

彼得轉為謹慎。「噢，我是說……不是啊，當然。我不是馬上回去。我會先……去灑爸爸的骨灰，然後看看那間屋子，妳知道的，就這樣。我是說，我會在那裡待幾個禮拜吧。」

小玉看著他的時間比他希望的還要久，可是最後她放棄了。「嗯，也許你會在那裡再養一隻寵物，只要你一打開那間屋子的門，就不會孤單了，那是當然的。」

「這是什麼意思？」

「人們遷移時，總是會拋棄動物，等牠們感覺到你要回來了，就會聚集過來。」

他家不會，彼得知道。佩克斯在他家院子劃地為王五年的時間——從來沒有貓或狗冒險跑進來。「不會，不可能，我不要其他寵物了。」

小玉再度目光銳利的看著彼得。她張嘴，就在這個時候，山謬爾回來了。

「明天會有暴風雨，」他說：「我們應該早點出發。」

彼得跳了起來，協助山謬爾卸下裝備。接下來這個小時，他一直忙著記錄資料、蒐集木材、生火。他幫忙打包裝備，自願煮菜。他在火堆上放了一罐豆子，假裝心無旁鶩的攪拌著豆子。最後，彼得把盤子傳給大家，他們用餐，接著清理。
從頭到尾，彼得都感覺小玉在觀察他。

23

滿是青苔的洞穴中，兩隻狐狸看著世界甦醒。紅翅黑鸝在河對面的柳樹叢搶地盤；老橡木附近的葉子堆中，花栗鼠急著蒐集沒被撿走的橡實；蜉蝣從水上飛起來，就像一團煙霧。最後，佩克斯期待的訪客總算出現了。

一對烏鴉進到光禿禿的橡樹洞裡，很快的，又出現一隻，接著一隻再一隻，直到樹木裡滿是鴉群此起彼落的談話聲。

*聽我說，*佩克斯教導狐狸寶寶。*烏鴉移動得又快又遠。他們知道所有正在發生的事情。而且他們很慷慨——樂於分享消息。*

佩克斯和寶寶垂下尾巴、蹲得低低的，向鴉群保證自己沒有惡意，然後走到樹底下安頓下來。

你聽到什麼消息？

狐狸寶寶全神貫注。他們不開心。

對。為什麼？

人類。一大群人要從北邊沿著河流下來。

佩克斯和狐狸寶寶仔細聆聽，得到許多資訊。根據烏鴉的報告，他們得知：這些人類就是曾在水庫紮營的那些人，其中有部分是年輕人。移動得很慢。似乎很平和，不過身上的裝備跟去年那些得戰爭病的人類很像。

佩克斯站了起來，開始來回踱步。移動緩慢的人類隨時可能快速動起來，平和的人類也可能毫無預警就變得有攻擊性。

他感覺陷入困局。前一天，他聞到新鮮的人類生火味，這一次是在東邊，所以沿著河流移動還是最安全的。更重要的是：水可以隱藏足跡，土狼或熊就找不到他們。意思是他只有兩種選擇：順著河流往北，回到布莉索身邊，回到他們的家，或是往南到布洛谷去，再從那裡繞回家。如果往北走，他會遇到那一大群人類；往南走，說不定會遇到彼得和他的兩名同伴。

儘管強烈的想要回到家人身邊，佩克斯其實沒有什麼選擇。就算彼得永遠不會傷害他們，也不會允許他兩個同伴試圖傷害他們，那一大群人類依然代表潛在的危險。

佩克斯回到孩子身邊，她正在聽烏鴉們閒聊，他們提到一座屋頂被暴風雨掀掉的穀倉，說裡頭是一座玉米山。**我們要離開了。**

回家？

還沒。我們先去布洛谷。

佩克斯升起趕路的衝動，可是女兒需要補充營養，才有辦法面對前頭的旅行。他帶她沿著河岸走，因為他發現鱷龜的氣味。

佩克斯向她示意就是這裡，土很軟，佩克斯開始挖。在底下幾公尺的地方，他挖出數不清、外殼粗糙堅韌的蛋。他很快填飽肚子，也鼓勵女兒能吃多少就吃多少。

狐狸寶寶將一顆蛋滾來滾去，就把頭枕在腳掌上。

佩克斯迅速的把蛋殼放在他女兒鼻子底下，弄出蛋黃。

她先試著舔舔蛋黃，再大口吞掉。她又拿了另一顆蛋，自己打破蛋殼，快樂的舔著。一顆接一顆，吃個不停，佩克斯總算鬆了一口氣。她已經好幾天沒吃東西了，現在她的肚子變得圓鼓鼓。

是時候了。

佩克斯估量了一下泥濘的河岸，還有更高處的乾燥地面。他不喜歡弄溼腳掌，可是在水中移動最能遠離危險。於是他們沿著河流往下，有時候在蘆葦間行進，有時候走在滿是小石頭的淺灘，還有些時候沿著水更深的地方前進，他們毫不費力的順著水流游泳，像魚一樣安靜無聲。

24

暴風雨召來一陣突襲的冰雹，跟子彈一樣堅硬，接著是狂風驟雨。彼得告訴小玉和山謬爾怎麼用粗的雪松枝枒搭成斜頂的簡易遮蔽，他們幾乎整天都蹲在底下，雖然全身溼透，至少不必在外面忍受風吹雨打。

彼得早上就預先砍好蘆葦，固定在他的雨具後隨身攜帶，等暴風雨終於停歇，他們換上乾衣服，就用那束蘆葦生火。

蘆葦炙熱的燃燒，但只是冒煙、發出嘶嘶聲。雖然火焰不怎麼樣，他們卻深受鼓舞。吃了冷餅乾和肉乾後，三人並肩坐在火堆前的一根木頭上。

小玉抽出一本書，彼得和山謬爾開始削木頭打發時間。一分鐘後，彼得發現山謬爾已經放下刀子，專心看著自己。「你的刀好酷，而且你真的很會用刀子耶。」

「沒有啊，完全是刀子的功勞，」彼得反駁。「這把刀很老了，但很棒。」是真的。這是佛拉的刀，她送給彼得了，從此彼得一直隨身攜帶。這把刀除了很美——雕刻精美的鎳製托木加上楓木製的握柄，使用起來也很順手——握在手心很穩、用來處理木頭更是靈巧。

「喏，」彼得說，把刀伸向山謬爾。「試試。」

山謬爾用小朋友在聖誕節早上的笑臉接過刀，彼得往後靠。才一個禮拜，他們輕輕鬆鬆就成了隊友，彼得正想著，就聽見來自收音機的聲音。

山謬爾放下刀子跳了起來。「那是緊急通知。」他把收音機從背包裡拉出來，放在空地上，然後彎下身子，仔細聆聽收音機裡劈劈啪啪的聲音。

過了一會兒，山謬爾又把收音機放回去，回到火堆旁。「磨坊的清理行動至少要延後一週，也有可能兩週。突如其來的暴風雨損壞了上游一座水壩，我們這隊的人在那裡轉向了。」

「我們要加入他們嗎？」小玉問。

「不必，他們離開了，他們沒辦法等。」

小玉和山謬爾望著彼此，彼得看見他們交換了什麼神祕的眼神。

「也就是？」小玉問，臉龐開始湧現微笑。

「沒錯，」山謬爾回答。「他們抵達這裡前，我們都是自由的了，所以……」

小玉將兩手蓋在嘴巴前面，露出出乎意料開心的神情。

山謬爾聳起肩膀，做出「為什麼不」的姿勢，看起來也很開心。

「怎麼了？」彼得問。

「我們原本計畫等磨坊的工作完成後，要申請幾天假，」小玉說：「我們想去我爺爺奶奶家結婚。奶奶身體不太好，所以我們不想再等了。所以現在，這樣的話……馬上就可以進行了！」她抬頭看著山謬爾。「我們還是得將裝備送去磨坊那裡嗎？」

山謬爾搖搖頭。「看到那道烏雲後的銀色鑲邊，明天不必去探勘急流了。」

一如往常，山謬爾的省話由小玉負責解釋。「舊磨坊遺址前面那最後一段河流……河流向下墜落十五公尺，寬度卻大約只有九十公尺，會非常危險。」

「我知道那個地方，」彼得說：「小時候我常常在那些急流附近玩，其實沒那麼可怕啦。」

「現在不一樣了，」小玉說：「去年秋天，軍方炸毀了那座舊磨坊上方的橋，整個區域的土石都變得很不穩定，何況還下了好幾場雨。」她用手指向河流。「現在河水已經比正常狀況上漲了三十公分。」

她轉向山謬爾。「所以我們的裝備要怎麼辦？」

「我們明天早上得將所有裝備鎖在七號路口的守備站。」

小玉眼睛一亮。「就在半路上啊，我們可以跟爺爺奶奶相處一整個星期，把婚禮辦好。」她拉了拉自己髒兮兮的工作褲。「文明世界！去二手商店，幫自己找一件真正的洋裝！」

小玉拍了拍彼得。「你當然要跟我們一起去囉，爺爺奶奶的老房子很大，空間很夠，你就是我們的嘉賓。」

彼得把身體歪向一邊。他小心將最後剩下的餅乾包起來，思考著小玉的話。不過，他知道答案。「我不能去，」他說，把食物遞給小玉。「我們該打包了。」

小玉的失望看起來不是假裝的。「那好吧，當然，山謬爾，回傳訊息，看看他們能不能在拿到裝備時一起接彼得，送他回到隊上。」

「不，不用，」彼得說：「我要回老家，開始搬進去，有很多事要做欸⋯⋯」

小玉瞇起眼睛。

太遲了，彼得發現自己剛才說錯話了。

「山謬爾，」小玉繼續看著彼得。「你可以幫忙打包嗎？我要跟我們的朋友單獨相處幾分鐘。」

山謬爾離開時，小玉抬起眉毛盯著彼得。靜默中，彼得聽見急流悶悶的轟鳴聲，雖然聲音很遙遠，卻充滿威脅。他閃到一旁，望著睡袋。他可以說他累了，頭很痛……

「搬進去？」小玉把手放在彼得手上，像是知道他準備要逃走。「現在我懂了，」小玉安靜的說：「我知道你怎麼打算了。」

她的手柔軟又穩定，一點也不危險。彼得感覺很危險，可是他沒有逃走。

「不養寵物，不回佛拉家，獨自在荒廢的小鎮生活。不必關心誰，也沒人關心你，對吧？沒有人可以進來。」她說，眼睛反射出小小的火焰。

彼得沒回答。當然，他就希望那樣。

「那行不通，沒辦法讓你安全，反而會殺了你。」

彼得突然抬頭往上看。

「不是說你會停止呼吸或什麼的，而是這樣一來，你會停止活著，在重要的部分。」

彼得將大拇指穿到木頭的樹皮底下，撬開一塊樹皮，思考著。事實上，小玉認為重要的那些部分，生活中就算沒有，也不會怎麼樣。在外面的森林裡，彼得看見了生活的一大部分不過是活下去而已，做好工作，自己一個人住，光是這部分可能就夠了，就很多了。在這裡，他所做的一切似乎都簡單明瞭。在這裡，他如此努力工作，努力到爬上床時累得沒力氣想起心裡疼痛的地方。他有辦法這麼活。

「而且啊，」小玉說：「祝你好運囉。還是會有人進來的。關懷的小碎片，只需要殼上最小的裂縫就能進入，你甚至不會察覺。」

彼得想起佛拉，他幾乎就要讓她成為家人了，而對這對情侶又是多快就卸下了他的心防。

可是他現在會提防了。他會隨時提防，碎片跑進來的時候，他會看見。

小玉起身，伸展全身，用力張開手臂，就像在擁抱整座森林似的。「明天是大日子！這禮拜也是重要的一週——我要結婚了！我最好睡一下。」

她離開後，彼得待在原地。他在原木上坐了很久，久到火焰都化為灰燼，寒冷從他的牛仔褲滲了進來，讓他的大腿背面都麻掉了。彼得望著星星升起，他的眼睛逐漸適應黑暗，他看見蝙蝠靜默的飛越河流上方，又向下俯衝，準備覓食。他腳邊那一整群螞蟻已經開始搬運餅乾屑了。

他突然覺得充滿了希望，彷彿這些小生物做著日常工作是在告訴他……生活也可以這麼簡單，彷彿那是一個預兆。

彼得望著螞蟻背著微小的獎賞排成一列。他跟著蟻群的隊伍，發現木頭另一端的樹皮上有個裂縫。

裂縫裡頭，也就是彼得正下方，是螞蟻的棲息地。有卵的棲息室、食物儲藏庫，還有蟻后的房間——整個社群就在這根枯死的木頭裡繁衍，只需要一個小小的裂縫。這根木頭並不知道這一切正在發生。

彼得站了起來。結果咧，他才不相信什麼預兆。

25

佩克斯早就聞到暴風雨要來了。*那是雨的味道，遙遠的雨，*他這樣教孩子。*那是風在自由鞭撻前聚集力量。*

*危險嗎？*在第一道閃電劃破空中時，她想知道。

不，是一種力量，但算不上威脅。

閃電之間，一陣令人驚訝的冷冽冰雹降臨，佩克斯帶女兒躲在濃密的灌木叢中，可是冰雹一減弱成雨，他們就繼續前進。佩克斯教女兒讓暴風雨棲住在她的毛皮上，撐開鼻孔，感受暴風雨的活力。

第二天，他們行進得很順利。狐狸寶寶更能掌握如何前進了，她對身體左側搖搖晃晃的狀況更有心理準備，找出彌補的方式，比較不容易跌倒了。她決心要跟上爸爸，不需要像之前休息那麼多次，彷彿已經漸漸從她在靜止池塘染上的病症中康復。

路途中，她又開始好奇，佩克斯讓她看了這個世界的很多東西。她也再度感到飢餓，不過她只想吃蛋。他們狼吞虎嚥的吃了一堆春天巢穴裡的蛋——更多鱷龜的蛋，還有珠頸翎鶉蛋、樹鴛鴦蛋，以及鵝蛋。看到女兒吃東西，佩克斯總算稍微放心一點了。

每次一踏上岸，佩克斯都發現他的男孩才剛經過不久，而且依然非常健康，這也讓他覺得很安慰。

這時候，佩克斯聽見一個聲音。

他認得：是水潑濺在花崗岩上的聲音。聽起來是一種柔和的轆轆聲，可是佩克斯知道聲音來自那條河流——在那裡，葛雷死去、朗特失去了腿，佩克斯也在那裡跟他的男孩分離，就離布洛谷不遠。

布洛谷的食物會很充足，他的孩子會在那裡恢復更多元氣，他們很快就能回到布莉索和其他家人身邊。

又繼續沿著河邊走了一個小時，現在河水的流速變快了，他們一直走到黎明將東邊的天空染成粉紅，狐狸寶寶開始覺得累了。

在一塊突出的石頭底下，佩克斯找到一個有遮蔽的地點，還選了一叢有彈性的青苔當作床。佩克斯和狐狸寶寶一塊兒縮成一團，再度聆聽那個聲音。雖然還要再走半小時才會到，那激流沖刷聲比之前大得多。

狐狸寶寶察覺了他的不安。

危險嗎？她想知道。

佩克斯沒辦法回答。

26

彼得站在瀑布邊緣向下看，這裡跟一年前一點也不像：以前那些瀑布平和的嘩啦嘩啦，越過中央幾塊突出的巨大石頭，穩定到可以直接跳過去。現在嘛，巨量的水灌注下來，裂成碎片，又灌下來，再度裂成碎片，彷彿充滿了憤怒。

「在這裡休息喔，」山謬爾喊著。「來吧。」

彼得很高興可以離開，可是當他們三個從一叢灌木出來，踏上泥土道路時，彼得整個身體都變得緊繃，彷彿準備被誰揍一拳似的。「這是通往舊磨坊的輔助道路，不是嗎？」彼得說。他不是在問問題，這條路恰好可以帶他們到達爸爸強迫彼得拋棄佩克斯的地方。

山謬爾點點頭。「以前可以通。不過自從橋被炸毀，大家就不再使用那條路了，這一側倒還好，之前我們走得那麼辛苦，這段路簡直太舒適了。」

山謬爾說得對——路程很輕鬆。可是，一路上安靜到讓人不舒服的程度。整個早晨，小玉都不斷偷偷瞥向彼得，山謬爾則一再偷看偷瞄彼得的小玉，彼得呢？他一直假裝自己兩個狀況都沒發現。

直到兩小時後，彼得突然停了下來，一隻手擱在肚子上。

已經過了一年，沒有任何東西足以辨別剛才途中經過無數公里的樹和雜草，不過他很確定：這就是當時開走車子、拋下佩克斯的地方。他認得，或者說不定是這個地方認得他，說不定空間也有記憶。彼得蹲了下來，從指間篩過一把碎石子。

「怎麼了，彼得？」小玉問，停下了腳步。「有什麼不對勁嗎？」

有那麼一秒的時間，彼得想忽略她的問題。可是他已經在這裡做過夠多讓自己感覺羞愧的事情了。「我以前在這裡做過不好的事。」他說，一邊望著森林。

聽到這句話，山謬爾掉頭回來。他和小玉等待著，彷彿打算等到彼得解釋清楚，才會繼續往前走。

彼得放下背包，告訴他們那件事……遺棄佩克斯的全部經過……那段該死的車程，知道自己就要背叛自己的寵物……拋出玩具阿兵哥的大謊言……還有爸爸催起油門時，他感到多麼心痛，彷彿在那條灰濛濛的路上，拋下自己一大塊血流不止的心。看見佩克斯全速在車後追趕著，直到最後筋疲力竭的往後倒……「不過我趕回去找他。我回去了，而且找到他了。」

彼得背好自己的背包。「我們走吧，我不想繼續待在這裡了。」他開始沿著道路往前走。

小玉追上他。「等一下。我才剛剛將事情拼湊在一起。如果這裡是你丟下狐狸的地方，你又告訴我回去找狐狸時，看見你爸爸……那你爸爸一定是駐守在舊磨坊。那也是你最後見到爸爸的地方，對嗎？」

彼得點點頭，感覺喉嚨裡梗著一塊腫塊。「拜託……我們走吧。」

「所以這也是你放狐狸自由的地方，對吧？」

彼得再次點點頭，接著垂下頭。

「你在那個磨坊失去了他們兩個。」

森林似乎變得更寂靜了，就連鳥兒都不再繼續歌唱。

「彼得，」小玉靜靜的問：「你真的要在磨坊那個據點，與水戰士們一起服務嗎？」

這個事實震攝了彼得。他沒有承認，但是不，當然沒辦法，他絕不可能再踏上那個地方一步。

「彼得？你要嗎？」

他沒有抬頭，只是悲慘的搖搖頭。

「你想那麼做嗎？」

「不曉得……不，我猜不會吧，」彼得承認。「可是現在妳知道原因了。」

「我很抱歉。」小玉說。

她這麼簡單就能了解，這點讓彼得鬆了一口氣。「謝了。」

「別這麼說，」小玉說，她兩手都舉了起來，停。「我是說，我懂，對你來說……那個地方太可怕了，你很生氣，又恐懼……真的真的很怕。可是抱歉，我不認為你可以避開。你正在哀悼……我知道哀悼是怎麼一回事，你必須用自己的方式進入那種情緒，再用你的方式離開。你夠勇敢，一定有辦法做得到。」

「我不覺得。」

「你可以。很困難，可是你並不孤單，我們會在。完成這麼棒的事會對你有很大的影響，你會對那個地方改觀。從此以後，那個地方會成為你幫忙清理水源的地方，你讓人和動物都回來，你將譜下一段這樣的故事。」

「也許吧。」彼得說，接著他繼續向前走。走在前頭，他們看不見他的臉。

27

剛才的聲音已經變成怒吼。佩克斯往外看，可是透過蘆葦，只看得見平坦遼闊、看來很平靜的河水。*留在這裡*，他對狐狸寶寶下令，然後他就進到水裡，想再看清楚一點。

下水游了一百公尺後，河裡的水變少了，佩克斯游到河中央。

太遲了，他感覺到了——水流一開始先拉扯了他的腿一下，接著用力拖住佩克斯的胸和臀部，把他拉向邊緣。他開始划水，想回到岸邊。一開始，他很訝異自己竟然沒辦法向前進，他更用力的划，還是沒用，他感到害怕。

他聽見叫聲。佩克斯轉過身去，是狐狸寶寶。她在身後的水裡，掙扎著想讓頭保持在水面上，很快的向這邊靠近。她被水流沖走時，佩克斯往前撲了過去。

他叼著她的肩膀，河水又更用力拖住他。他夾緊嘴巴，想把女兒銜得更牢一點，她發出了哀號。佩克斯試著調整叼住她的姿勢，正在調整時，她扭動了身體。女兒從他下巴掉下去了，佩克斯立刻試圖抓住她滾動的身體，卻只撈到水。

她被沖到一旁，恐懼的翻著白眼，隨即消失在水面下。沒多久，佩克斯聽見她從河流邊緣發出的尖叫，還瞥見一閃而逝的紅色毛皮。接下來，他什麼也看不見了。

佩克斯氣喘吁吁，讓水流把自己帶到河流邊緣。就在那裡，那一瞬的時間當中，佩克斯看見了——兩側的土地都消失了，取而代之的是急劇升

起的峽谷，河流發出怒吼，用雷鳴般的聲音向下奔竄。他完蛋了。

佩克斯往下跌落，被沖進攪動的河水裡，直到重重撞上一塊突出的石頭。他用手掌扒找可以支撐的東西，找到了，又抓不牢了，他用腿攀住另一塊岩石，用力撐住，用爪子緊緊攀附著岩石。他從那個位置瘋狂搜尋自己孩子的身影，可就是找不到。這時候，一陣水牆對他猛烈衝撞過來，把佩克斯的肺都捶扁了。

狐狸吞下了河水。河流吞噬了狐狸。

28

接下來幾個小時，他們都靜默的行走著，疾走的步伐下，爸爸的骨灰更用力的敲擊著彼得的背。他唯一讓自己思考的事，就是自己離家有多近。明天早上就會到了，絕對可以。

他們終於來到崗哨。小玉和山謬爾打開鎖，進屋放好裝備。彼得留在外面，想起去年經過這裡時，有個守衛跑出來，一板一眼，不假辭色，直到彼得告訴他自己是回來找寵物的，守衛就開始談起他有多掛念家裡的狗，還拿出一張相片。守衛凝視著那張破舊的相片，跟剛才的模樣截然不同，他看起來——像個孩子，擔心著自己的狗兒。後來他就讓彼得通過了，還祝他身體健康。

彼得發現小玉和山謬爾就站在身邊，著實嚇了一跳。

小玉手上拿著剩下的食物，一盒綜合玉米麵包、三塊硬餅乾、半包蘋果乾，還有一小罐火腿。「我們不需要這些了，」她說：「你需要。」

彼得點了個頭，接下食物。他並沒有想到食物的問題，可是現在他想起來了，爸爸在離開前，已經把家裡清空了。「這樣才不會留下任何老鼠餌。」他說。

山謬爾用腳碰了碰靴子。「嗯，我猜要說再見囉。」

「只是一陣子，」小玉說：「一個禮拜後見。在磨坊。」

「當然。」彼得必須讓自己轉過身去，才有辦法撒謊。「一個禮拜後見。」

他們背上背包，彼得跟著他們走到十字路口。他望著小玉牽著山謬爾的手……就這樣，他們成為了「他們」，而他孤單一人，那正是他想要的，彼得提醒自己。

儘管如此，他感覺到一股真正的寒意，彷彿冷風朝下鑽進衣領裡頭。

「等一下！祝你們結婚快樂！」他們穿過道路時，彼得喊著。

他們轉身向他揮揮手。「嘿，記得！」小玉喊著。「要留意碎片喔。」

29

找到她了。

他在浪花後看不到她。在河水的怒吼下，也聽不見任何呼救聲，這條掙脫束縛的河流滿是澎湃的野生氣味，佩克斯聞不到她的味道。他靠著比這些東西更深刻的直覺找到她。太深刻了，無以名之，引導著狐狸。*女兒，在那裡。*

那裡有一棵樹。一百歲了，蛀蟲讓樹中心都爛掉了。暴風雨將樹連根拔起，向上游搬移了一、兩公里，一半沒入水中，就這樣留在激流底層。

一隻小小的狐狸就趴在纏繞的樹根上。

佩克斯站在水流不斷沖刷的淺灘上，女兒的肩膀搖搖晃晃的掛在樹根上，佩克斯碰不到她。佩克斯吠叫著，既開心又恐懼。過了一會兒，她還是空蕩蕩又了無生意的掛在那兒，就像已經死了。這時候，她張開了眼睛。

佩克斯再次發出叫聲，這次充滿了喜悅。他在她底下潑水，評估著所在的位置。過了淺灘，水流就會擊打在崎嶇的岩石上，如果錯過上岸的地方，他們就會被河水沖走。

他不會錯過的。

佩克斯縱身一躍，抓住一個支撐物，努力撐住，好拉開他的孩子。他用下巴把她緊緊鉗住，跳進淺灘，再把她從水裡拉上岸。

佩克斯把她安置在一塊小草丘上，用自己的身體蜷住，向她保證現在安全了。的確如此。她渾身溼透，腳掌也一跛一跛的，可是她沒有流血，四肢應該也沒有受傷。

此刻佩克斯最盼望的，就是帶她回家。與她媽媽和兄弟們一起待在那個溫暖的洞穴，她就會停止顫抖。布莉索將用嚴密的防守來保護女兒，也會把自己的力量傳給孩子。

與布莉索在一起，也會為佩克斯帶來安慰。他渴望那樣——自從遇見她，他從來沒有離開她身邊太久。可是往布莉索身邊的回家之路充滿了危險，就算沒有遭遇任何險阻，光是步行，對受盡摧殘、虛弱的孩子就已經太艱苦了。

他們還沒辦法回家。現在他得在這裡，幫她找個遮風避雨的地方。

他知道一個那樣的地方。

離這裡還不到佩克斯跳二十下的距離，只在河岸上方而已，有一棵古老的鐵杉，枝枒垂到地面，使得底下形成一處松葉洞窟，佩克斯以前曾經跟年老的狐狸葛雷一塊兒躲在那裡。那裡很陰暗，可是空氣流通，洞裡襯著春去秋來積累的柔軟松樹毬果，那種氣味還能讓他們不被掠食者發現。

帶女兒進入洞窟前，佩克斯先用舌頭把她舔乾，讓她待在一個有陽光的位置溫暖身體。接著，他把鼻子貼近地面，繞著樹走，嗅聞確認。他沒有聞到危險的氣味，卻留意到另一件事——這是在到達河邊後的第一次，他聞不到男孩的味道。彼得的蹤跡在激流邊緣突然消失了。

佩克斯趕緊回到孩子身邊，帶她鑽進鐵杉的枝葉底下。將她安置在巨大的樹幹附近，在她身邊躺下來，小心留意她每個動作。即便她睡著了，佩克斯依舊關注她的呼吸，直到最後他終於靠在她頭上，閉上了眼睛。

這個時候，他才察覺到自己受傷了——肩膀、臀部、右後腿悶悶的痛著，深呼吸時，側面更是痛得厲害。

狐狸寶寶在睡夢中嗚咽，把身體拱向他胸前。佩克斯又再一次明白了：為了女兒，要他做什麼都行。

30

彼得找到前門的鑰匙，跟以前放在同樣的地方，他開門進到屋裡，拉開客廳的窗簾，站在那兒眨了一會兒眼睛。

所有的一切跟從前完全一樣，只是蓋上一年份的厚厚灰塵。不過，不知道為什麼，所有的一切看起來也很陌生，或者可能是感覺很不真實。他試著查看廚房，得到同樣不確定的感受——彷彿有誰大費周章的複製了他的舊家，卻讓所有東西變得有一點點不對勁。

彼得把手擱在流理台邊支撐自己，做了幾次深呼吸。只不過是一些東西而已，他告訴自己。只是一些碗櫥、水壺，還有鍋子，一些長椅和凳子，只是一些東西。沒錯，爸媽還活著的時候用過，所以他才會覺得有點可怕。也許這裡感覺不再像他家了，也許這裡不如他自己蓋的小屋那麼適合他，可是現在這個地方是他的了。

他離開廚房。在後面的廊廳，通往爸爸房間的門半開著。他沒有往房裡看，就猛然關上門。

隔壁是他房間。至少他在自己的房間裡不會有事，房間一直是他的避難所。彼得推開門，馬上被最後一次待在房裡的時候，裡頭還存在的一切擊中心房。

只不過是一個房間而已，他告訴自己。彼得走了進去，面對這一切。

佩克斯最愛的玩具放在角落，就在他以前睡午覺會蓋的毯子上。窗臺上放著狐狸項圈。五斗櫃上排著棒球的獎盃、他從來沒戴過的手錶，還有他幾乎從來不拿下來的棒球帽；球賽的票根塞在鏡子裡，學校皺巴巴的通知單散落在地板上。在他的老太空船造型檯燈旁，去年春天最後那個早上喝的柳橙汁早就乾掉了，變成玻璃杯底一圈咖啡色的痕跡。

所有他還是個正常小孩時的東西，一個笨笨的正常小孩，以為失去媽媽以後，一切不可能再更糟了。

他打開五斗櫃抽屜和衣櫥，再用力甩上，把那個笨小孩從前穿過的笨衣服全都關起來。

彼得倒在床上。手臂環抱在胸前，感覺那是唯一撐著讓心臟不跳出來的東西。媽媽死了以後，爸爸在屋裡到處打轉，蒐集她所有的東西，準備拿去扔掉。彼得在爸爸身邊跟前跟後，不懂爸爸為什麼想丟掉這些東西。現在他懂了。他明白了，好吧。

也許他應該燒掉所有東西。生一堆火，燒掉所有讓他想起從前生活的東西。他離開房間，從後門走出去。他可以在後院生火。堆好引火柴——因為冬季的暴風雨而四處散落的枯枝，跟稻草堆在一塊兒，把所有的東西堆上去，然後……

彼得檢查工具棚，有，最上面的架子上有一罐點火液。他把點火液拿下來，一把刀「咚」一聲掉在地板上。

彼得將刀撿起來。這把刀與佛拉給他的刀幾乎一模一樣——現在正放在他背包裡的那一把。有那麼一秒的時間，彼得很希望可以給佛拉看看這把刀，接著他又希望自己可以問問爸爸這把刀是從哪裡來的，為什麼他從來沒看過，可是他將這些念頭都推開了。

彼得翻開刀片。坑坑疤疤，而且變鈍了，可是依舊是一把美麗的工具。彼得真的很喜歡佛拉的那把刀。

他去年的旅途上用的就是這把刀，他在自己的小腿肚上劃了一刀，以血立誓他會找到佩克斯。那一刀留下的疤痕還在。有時候，他會覺得那個位置癢癢的，納悶是不是蚊子從牛仔褲飛了進來。他會捲起褲管，什麼也沒發現，只不過是一彎細小的新月，要他記得。

嗯，他應該停止想起。

他猛然闔上刀，然後就在陰暗的工具棚裡進行懺悔。用心靈的眼睛懺悔了三次，他把石頭堵在洞穴的入口。

不過那天發誓的記憶依然很強烈。懺悔還不夠。身在曾經和佩克斯一起居住的老家，根本一點也不夠。

他知道怎樣才夠。加上新結局的懺悔，他太膽小了，一直不敢讓自己面對這個結局。爸爸說之前應該要這麼做——終結狐狸寶寶的苦難。爸爸一定會選擇用槍，迅速又乾脆。

可是彼得當時只有七歲。也許他當時夠堅強，敢把沉重的壓

頂石直接掉在小狐狸寶寶身上，立刻結束他的生命。這樣比較人道一點。

他第一次這樣懺悔時，膽汁升上了喉嚨。他將膽汁吐出來，拚命咬牙，重來一遍。*就這樣吧，走開，別回頭看。*

彼得抹了抹眼睛，再懺悔了第三次。

即使這樣，感覺似乎還是不夠。

*你不能繞過某些事，*小玉說過。*你得正面穿越。*

就在這個時候，彼得明白那代表什麼意思了。他得回到現場——老繩索磨坊。

他必須站在那個讓佩克斯離開的地方，也是對爸爸說再見的地方。今晚他會睡在這間屋子裡，面對自己的感覺。明天早上，他會走路到磨坊去，感受所有的失落，正面穿越自己的感覺，再退出來，最後他就能從頭來過了。

31

佩克斯躺在鐵杉的樹蔭下，繞著自己的孩子。他一移動，身體就感覺疼痛，從女兒哀號的方式判斷，佩克斯知道她的身體也有瘀傷。

時間加上休息，一定能治好。只要人類放的火熄滅，很快就能向西邊旅行，到達布洛谷，再往北回到布莉索身邊。那個時刻來臨以前，除了移動幾步到河邊喝水以外，他們都會盡可能待在這裡休息。

可是狐狸寶寶很不安。她抽搐、扭動著，這使她的疼痛加劇。她變得很易怒，佩克斯沒辦法讓她轉移注意力。

一直持續到佩克斯留意到他們身在何方為止。**這裡，很靠近我以前與男孩同住的地方。**

狐狸寶寶僵住了。**不危險嗎？**她又問了一次。

不危險。他與我分享自己的家。

聽到這裡，狐狸寶寶變得好奇。洞穴嗎？她想知道。跟狐狸一樣？

洞穴。跟狐狸不一樣。在地上。接著佩克斯描述了彼得與爸爸居住的巨大箱子，箱子裡還有其他的巢穴箱子。佩克斯接著講起那些堅硬的牆，以及滑溜溜的地板。

不是泥土地嗎？跟狐狸不一樣？

不是泥土地。跟狐狸不一樣。接下來他又嚇了她一跳，講起掃把，如何用來將泥土從人類的家移出去。佩克斯講到的永久性也讓女兒很吃驚。人類的家不會改變，不像狐狸的家隨著季節與遷徙變動。無論是晴朗的天空或暴風雨下，人類都睡家裡。

跟狐狸不一樣？

跟狐狸不一樣。而且洞穴不只是用來睡覺。他們在裡面休息還有玩耍，而且還煮東西吃。

他們在巢穴箱子裡打獵？

不打獵。這對佩克斯來說也是個謎。人類不抓獵物，他們的水果和蔬菜也不是從樹上或土地得來，那些東西就只是出現了。

狐狸寶寶蜷起身體，更靠近爸爸一點，她想再聽一次他怎麼會跟人類一起生活。

佩克斯講了這個故事，關於怎麼被救起來，從一個家被帶到另一個家。

你害怕嗎？她想知道。

佩克斯考慮了一下。他帶我回他的洞穴、照顧我的時候，我不害怕。可是在那之後，我常常害怕。

所以你從他身邊逃走？

佩克斯垂下頭，把頭枕在女兒頭上。他的喉嚨抵住她脆弱的骨骼；他強而有力的心跳在她狹窄的脊椎上方鼓動著。我從來不怕我的男孩會傷害我。在我愛上他以後，我常常害怕他會受到傷害，或是我再也見不到他。

你能愛上一個人類？

對。

那讓你害怕？

對，開始去愛以後，你變得害怕，佩克斯回應。跟狐狸一樣。

32

跟著小徑走到舊磨坊，就像尾隨小時候的自己。經過那個地方時，彼得幾乎聽得見朋友們用激將法打賭，以前那裡有一對齜牙裂嘴的看門犬，總是扯緊牠們的狗鍊。在通往那間有著高聳大門屋子的車道口（屋子早在戰前很久就荒廢了），彼得半是希望再聽見他們的聲音喊著：**我們才不相信巫術！**就跟他自己的聲音一起。他幾乎就要拍拍自己的口袋了，因為口袋裡有顆蘋果，然後他穿過了那座木欄杆，那隻灰色點點小馬總是在欄杆旁等待著。

一旦進入森林，感覺又更強烈。森林看起來跟戰爭前一樣。那棵黑胡桃木還在，彼得和朋友們會爬到最頂端，他們名字的縮寫還刻在樹皮上。還有一棵松樹，以前每次彼得經過時，都得努力閉嘴不要講出心裡想的事情，因為就在這棵松樹後，有一座很小很小的山谷，每到三月，天南星的花朵就會盛開。彼得的媽媽曾經要他發誓絕對不要告訴任何人，因為天南星就是這麼罕見。

他記得的這些，只不過是他生命中極少數的片刻。其他所有的片刻都到哪裡去了呢？那些男孩們現在又在哪裡呢？他們現在都因為戰爭和惡劣的水不得不分散各地……有誰會回到這個空蕩蕩的小鎮呢？

沒有特別做好心理準備，彼得就從樹林小徑裡走了出來，目光立刻被磨坊和上方的山脊吸引。「小玉說我夠勇敢。」他大聲提醒自己。

也許是。可是他需要一點時間。他將目光投向河流。

他留意到的第一件事，是河岸出現了缺口，兩側都變寬了三公尺。現在河流的面寬應該已經有十五公尺了，有些地方甚至有十八公尺寬。

今天早上河流表面平靜得有如玻璃，只有一道滾動的水流沿著中心向下流。河水跟天空一樣閃爍著鏡子般的藍光，看起來如此純淨，很難相信小玉之前說的——毒素已經滲到河裡。

他往上游看。激流依舊翻滾著，只是今天還算溫馴。流水向下撞擊到底部時，就變成水平的深池。彼得很了解這些水池，從下到上他都一清二楚。他從水池之間凝望過天空，那幅景象讓他一直覺得會失去方向感，同時卻非常寧靜，彷彿連時間都放鬆下來似的。

一棵巨大的枯橡樹攀住磨坊風車輪的遺跡，讓河水轉動著。這棵樹半隱半現，根部彷彿被提了起來，宛如在為遠端的河岸祈禱。他認得河流對岸那顆石頭，一年前，他就是在那裡發現一隻狐狸的殘骸，一度心驚膽跳，害怕那也許是佩克斯。

在那顆石頭上方幾公尺的地方，有一株巨大的鐵杉，枝椏覆蓋了地面，兩端籠罩的樹蔭範圍約略不會少於七公尺。如果彼得還是小孩，他和朋友們一定會游泳到對面去，突襲那棵鐵杉，把樹裙下的空間據為己有，當作祕密基地。可是他已經不是小孩了，他已經不是小孩很久了。

彼得轉向舊磨坊。一路朝上走，草地幾乎挑釁似的生氣勃勃，花朵從又高又明亮的草上竄出，甚至從橫擋的岩石間怒放。媽媽教過他附近這一帶各種野花的名字，彼得現在想起其中幾個了：藍鐘花、樓鬥菜，還有一種名為「血根草」的直挺挺的白花。彼得覺得這花的名字取得很好，從這片血淋淋的土地中迸生。

彼得開始往上爬。經過了當時爸爸跑下來跟他會面的地點，繼續往前走，直到置身於舊磨坊碎裂的圍牆內為止。就在這裡，他們搭過軍隊的帳篷。在那最後一天，彼得和爸爸走進其中一間帳篷，坐在爸爸的折疊床上，父子談了一個小時，用一種以前從來不曾有過的方式。

彼得找了一個地點，或許就是以前放折疊床的地方，坐了下來。

爸爸大部分時間都在道歉，他對很多事感到後悔。彼得實在太震驚，訝異到一堆抱歉就這樣淅瀝呼嚕的從他身上流掉，可是他聽見最後一句了，「我很抱歉要你將狐狸獨自留在一個不安全的路邊，應該有更好的處理方式才對。」

作為回應，彼得告訴爸爸他在山脊上找到佩克斯了，而且他在那裡親手放佩克斯自由，這是事實。接著他說：「當時那樣做，其實沒關係。」這是謊言。

接下來，他要自己堅強起來，告訴爸爸這個很難說出來的消息，就是他不打算再回爺爺家去了，他已經找到一個更像家的地方，想要住在那裡，直到戰爭結束。

「她不是家人，可是我覺得……我在那裡過得很好，感覺很對。」

令人驚訝的是，爸爸並沒有生氣。「沒關係的，如果你覺得自己在那裡過得很好、很安全，那她已經夠像家人了。」

那些話裡的什麼聽起來很熟悉，彷彿是出自其他人的口中，可是彼得沒有時間想清楚，因為就在那個時候，爸爸向他保證……等戰爭結束，事情會變得不同。「我會當個更好的爸爸。」

彼得想都沒想就回答：「你是個好爸爸。」這是真話，也不是真話。

他依然能清晰無比的看見爸爸的臉：軍人的短髮、臉頰上有刮鬍子的傷口、聽到那些話時如釋重負的懇求眼神。那是彼得最後一次見到他。他很慶幸他們的關係是在那裡結束，爸爸看起來彷彿被原諒了。

彼得站了起來。他接著爬完小丘，一直爬到樹木林立的山頂，再走到佩克斯引導他到達的空地。

在這裡，他趕走了兩隻正在困住另一隻狐狸的土狼，也在這裡放佩克斯自由。他將身子往下沉，沉到中央那棵氣味甜滋滋的尤加利樹底下。

這兩個最後的時刻，哪一次更艱難？爸爸那次，因為他不知道那就是最後一次了？還是佩克斯那次，因為他知道？

望向那圈環繞著空地的杜松，找出他之前拋出玩具士兵的確切位置。這一次，他覺得佩克斯知道他在做什麼。自從那時候以來的每一天，他都在想自己做的事情到底對不對，將佩克斯送回冷酷無情的荒野，那是他的歸屬，卻是他還沒準備好要回歸的地方，在一隻尾巴燒焦的雌狐的陪伴下。

要是彼得知道佩克斯沒事就好了。

彼得抹了抹眼睛。在一天之內，他已經回想太多事情了，他已經用他的方式走進悲傷，說不定也用他的方式退出來幾步。他真希望自己可以跟小玉談談。彼得幾乎能夠看見她用手指著底下的河流，跟他分享自己關於水的某個比喻。

他開始走下山丘。走到一半，正當他轉向準備回家的小路時，彼得瞥見河流對岸有什麼紅棕色的東西——這顏色每次都會吸引他的注意。

是一隻狐狸。坐在古老鐵杉底下的石頭邊。成年狐狸，大隻的，雄狐，也許吧。看起來很健康，正在望著他。

狐狸離他太遠了，彼得沒辦法看清到底是不是佩克斯的毛色，或者左耳上有沒有缺口。他沒辦法確定那是不是自己的手指認得的、充滿彈性的毛皮，或是去嗅聞他的寵物帶進室內的橡樹葉氣味。他沒辦法聽見他呼嚕呼嚕的叫聲，或者尖銳的打

招呼聲。可是他知道，憑著一種比這些東西都還要深邃的直覺。

「佩克斯！」彼得大喊，還沒告訴自己這樣做簡直瘋了，就開始奔跑。「等我！」

33

佩克斯認得他的男孩。雖然彼得的聲音變低，身形也變高，即便過了一年，他還是認得。

他吠叫著，跳向彼得下坡飛奔而來的對面河岸。

正當他準備要下水時，卻聽見他的女兒害怕的呼喊。他又看了男孩一眼，就趕緊回到鐵杉下的孩子身邊。

狐狸寶寶嚇壞了，她聽見從近處傳來人類的吼叫，發現這裡只有自己。佩克斯的出現安慰了她，可是等彼得的喊叫聲再度出現，她完全愣住了。

那是我的男孩。他不危險。我會在妳睡覺的時候，到河的對面去看他。

狐狸寶寶緊緊挨著他。

就算沒有看見我，妳也不孤單。

不過，彼得再次呼叫時，狐狸寶寶還是很焦慮的抬起頭往上看。

佩克斯帶她走到鐵杉的樹裙邊緣。*妳可以從岸邊看。*

可是寶寶不想離開。她咬著自己顫抖的左後腿，然後她尿尿了，只有一點點，再爬回樹裙裡。她蜷縮在柔軟的松針床上，輕輕把尾巴甩乾淨，再把尾巴蜷覆在鼻子上。

佩克斯在女兒身旁躺了下來，彼得的叫聲間隔拉長，後來就停了。寶寶最後總算閉上了眼睛。佩克斯一直等到確定她睡著，才再度回到河岸。

可是他的男孩已經消失了。

第二天，寶寶一墜入深沉的早晨睡眠，佩克斯就過河，在最後一次看到男孩的地點——舊磨坊和河流之間的半山腰，他坐了下來。太陽很明亮、空氣很舒服，微風從西邊吹來，這樣他才能偵測到狐狸寶寶可能遇見的任何危險。佩克斯等待著。

他的老朋友很快就從樹林間的小徑現身。

佩克斯開心到顫抖。他跳動奔跑、不斷吠叫，用臉頰磨蹭彼得的腿，重新記憶他們之間的連結。彼得蹲下來用手臂環抱著佩克斯的時候，佩克斯用力頂著他男孩的胸前回應，感受從前熟悉的心跳。接下來，他檢視彼得，確認他的男孩安好無恙。

互相擁抱招呼以後，他們一起玩。奔跑和倒下的遊戲、摔角遊戲、躲迷藏遊戲……所有的舊把戲，這些熟悉的遊戲讓他們非常開心。

但是這時候發生一件不熟悉的事。因為奔跑而氣喘吁吁，彼得從一個罐子裡喝水，接著用手掬起一些水，用一種關切的聲音，捧著水要佩克斯喝。佩克斯沒有喝，彼得有點不開心。他一次又一次的倒水，試圖讓佩克斯喝，直到最後佩克斯喝了一點點才停下來。

後來他們肩並肩躺在草地上。彼得伸展四肢，把拳頭抵在下巴上；佩克斯把腳掌縮在彼得胸前。陽光溫暖了他們的背，他們的呼吸再度變得平靜，也充滿青草的氣息。他們兩個都把頭轉向河流——彼得神情認真，彷彿試圖從流動的水參透什麼，佩克斯則持續守備著河岸上方的鐵杉，女兒睡覺的地方。

有時候，彼得會伸手拔掉佩克斯毛皮上的松針，佩克斯很愛這個理毛的動作，布莉索也會為他這麼做。有時候，彼得的手會飄過來搔搔佩克斯的耳朵，這種樂趣佩克斯已經一年沒有享受過了。有一次，令人驚訝的鹽水從彼得的眼睛流下來，彼得抹了一下臉，把一隻手臂枕在佩克斯肩膀上很久。不過彼得大部分做的事其實是發出聲音——比從前多很多的聲音，用各式各樣的聲調，從開懷到難過都有。他的男孩似乎需要回應時，佩克斯會發出一個呼嚕聲或是嗚嗚聲，其他時候都保持安靜。

直到佩克斯感覺到他的孩子在對岸醒來的那一刻。

佩克斯一躍而起，對她吠叫。他奔跑著離開，而且沒有回頭。

34

大約午夜時分，彼得把床墊從床上拖下來，從窗戶扔出去。這是他以前想出來的辦法，他剛開始養佩克斯的時候很容易睡不著，因為煩惱小狐狸寶寶獨自在室外的圍欄裡，不曉得一切安好嗎？以前他得偷偷摸摸，冒著早上沒能及時醒來的風險，可是今晚他把床墊砰的一聲丟到門廊上，再帶著一件毯子跟著爬出去。

彼得躺下來，閉上眼睛，可是依然睡不著。

今天很美好，至少他跟佩克斯共度的那個鐘頭很美好。那不是他還醒著的原因，他睡不著是因為不曉得接下來該怎麼做。

一方面，現在彼得知道了：佩克斯還活著，他在荒野中過得很好。彼得可以放下自己所有的罪惡感了。對於依附這件事，彼得早已學到了教訓。只有傻瓜明天才會再回到河邊去呼喚佩克斯，讓所有的危險重蹈覆徹，他不想再當傻瓜了。

不過，另一方面，他已經很久很久不曾度過這麼美好的一個鐘頭了。彼得盡力表達歉意，他感受到佩克斯了解他的心意，也原諒了他。能夠重聚真的很棒，感覺就像斟滿自己杯子裡的水。

他往後躺，允許自己回憶每一分鐘。

他差一點就錯過了。彼得很確定自己前天看到的是佩克斯，可是他呼喚、等待了半小時，還是絲毫不見蹤影。也許他是在騙自己吧。在走到河邊的途中，彼得不斷說服自己不要懷抱希望。就算那真的是佩克斯，也可能不會再出現了；就算他現身，現在也已經是野生狐狸了。佩克斯可能會表現得很謹慎，他也應當那樣。

可是，彼得走出樹林時，佩克斯就在那裡，坐在一片田野中，彷彿一直在等候自己出現。

彼得小心翼翼的靠近，雙手低垂，因為佩克斯就跟狗兒一樣，喜歡聞一聞陌生人的手，再決定要逃走還是留下來。佩克斯一站起來，彼得就心跳加速。彼得以為佩克斯說不定會需要先靠近、再退開、測試以後再下決定，可是佩克斯就只是直接跳過來，彷彿他們只不過分開了一天，而不是一年。他熱切的舔著彼得的手，再靠著彼得的大腿，這個姿勢意味著他希望彼得能搔搔他的頭。

震驚，彼得很震驚。「什麼？就只是那樣嗎？我被原諒了？」他問：「你不需要我付出代價嗎？」

佩克斯用臉頰磨蹭彼得的牛仔褲。彼得知道：這是佩克斯在彼得身上做記號，代表彼得是他的。所以，很顯然的，沒錯，就這樣，他被原諒了。原諒讓他的身體如釋重負，他感覺自己就像撿了一整年的石頭，背上愈來愈重，然後……這些石頭一瞬間全都碎裂、化為塵土。

彼得檢視著他的老朋友時，佩克斯靠了過來，嗅聞著他的脖子、肩膀，還有臉，彷彿也正在做跟他同樣的事情。看到這副景象，彼得大聲笑了出來。「你想知道我過得好不好嗎？我很好！」他輕撫著佩克斯脖子的皺褶。「我不一樣了嗎？因為你不一樣了。」

雖然很難說清楚到底是怎麼一回事，佩克斯並沒有變大，只是不知為何好像變得比以前粗曠了些。他的毛絕對變厚了，也許更閃亮，他顯然很健康。

彼得湧起放心的淚水。「你沒事，」他輕聲說，把額頭貼在佩克斯的額頭上。

「之前那樣做我很抱歉，可是看看你，你長得很好欸。」

後來他們一起玩——以前那些老遊戲，佩克斯都記得。之後彼得覺得很渴，就從保溫壺倒了一杯水喝，卻吃驚的想起：如果佩克斯住在這附近，他喝的就是這裡有毒的水。雖然佩克斯已經成年，但還是一樣糟。

彼得倒了一些水，捧給佩克斯。「這裡的水現在很糟糕，可是別擔心，我們會處理好的，等水戰士完成工作後，水就會再度變得清新又純淨了。」

有那麼一會兒的時間，彼得想著參與此地的復甦工作感覺多麼棒，現在這件事已經與他個人息息相關了，而且他會擁有關於佩克斯這一段嶄新的美好記憶，不再是之前那段陳舊哀傷的記憶。也許吧。

他一次又一次、試圖讓佩克斯喝自己手上的水，直到最後佩克斯總算喝了一點水為止。

再後來，他們一塊兒休息。河流在面前流淌著，發出寧靜的呢喃。彼得認真的望著河流，試著想像小玉會在河裡看見什麼——一些智慧、一些有用的建議……不像他只看見問題而已。

「我想知道的事情好多好多，」彼得對他過去的寵物說：「你在最開始那些日子裡是怎麼學會狩獵的？你在哪裡睡覺？小玉在水庫看見的是你嗎？你現在已經有自己的家庭了嗎？」比起從前，彼得現在加倍希望佩克斯有辦法跟自己講話。「你為什麼會出現在這裡？你在找我嗎？你知道我來了嗎？」

佩克斯好像在聽他說話，而且……彼得告訴他自己有多麼抱歉時，彼得感覺他的狐狸好像原諒他了。

可是這時，佩克斯突然跳了起來，發出吠叫，離開了，而且沒有回頭看。除了身邊草叢裡淡淡的沮喪以外，佩克斯的拜訪完全沒留下痕跡。

現在彼得在午夜時分躺在門廊上，又一次想著責怪與原諒，也許這些只不過是人類的發明。他又回憶起爸爸希望被原諒的那一刻，還有他答應時，爸爸眼裡那種如釋重負的神情，而且他自己同樣感覺如釋重負。他忽然希望自己能再見到小玉，好問問她，但這是不可能的。

他突然覺得自己思考的一切都這麼膽小。看看佩克斯，按照去年發生的事看來，佩克斯傷得要比彼得重很多，但他還是現身了。他讓自己身處於任何可能發生的狀況，佩克斯唯一考慮的問題似乎只有我想見彼得嗎？答案是：對。所以他來了。不戲劇化，不膽小的擔憂到底會發生什麼事。

可是那樣是讓佩克斯顯得很笨？還是很有智慧呢？

彼得知道自己又來了，為那些只能猜測的事情發愁，現在唯一的問題應該只有：**我想再見到佩克斯嗎？答案是：想。**

他明天還要再回去。

35

接下來的兩天，只要一聽到彼得呼喚——每次都是早上孩子睡覺的時候，佩克斯都立刻跳出去、游到對岸。他們會擁抱、一起玩，佩克斯接受彼得堅持要他喝的水，然後他們再肩並肩休息，直到佩克斯聽見女兒醒來為止。

他會跳起來，吠叫著，奔跑離開。

每一天，佩克斯都哀求他的孩子吃點東西，她每天都拒絕，就連第二天佩克斯專程去布洛谷，帶回一隻老鼠也一樣。她要吃蛋，可是這裡沒有蛋。

每一天，他都帶她到河邊喝水，每天她就這樣喝呀喝。

她每一天都睡得更久。

她每一天都變得更虛弱，走得更不穩，就跟她在靜止池塘的時候一樣。

36

整整兩天，彼得早上都跟佩克斯一起到河邊，下午就在家工作。屋子裡的雜務最難，因為每進到一個房間，記憶就會從每個角落緊緊掐住他的喉嚨。**這裡發生過什麼事？**這個問題似乎印在每個房間的空氣裡。

第一天，彼得走進爸爸的房間，想找一件風衣，卻被一個殘忍的景象突襲。那天，爸爸到處收集媽媽的東西，他眼淚汪汪、臉孔發紫，把她的衣服從這座衣櫥裡拉出來。當時七歲的彼得，只知道這個男人是自己僅剩的，不論他做什麼，都得接受。他不想幫忙，反正也幫不上忙，他的手臂早已僵住了。不過，彼得就這樣從一間房間跟到另一間房間，眼看那堆東西愈堆愈高。

那天晚上，彼得偷偷潛入地下室，那堆東西最後被丟棄的地方。他偷渡了幾樣東西出來，藏起來——媽媽最愛的長統襪，上面印著枴杖糖的條紋、一條鳳凰手鍊、一些薄荷茶包、一張他畫給她的生日禮物。

彼得對於自己救出那些東西始終心存感激。他將手鍊送給佛拉了，其他東西此刻都在他的帆布袋裡，很快就會跟著水戰士的運輸一起送往河流下游。

彼得沉進角落的扶手椅，他早就忘記風衣的事了，只是環顧房間，想著自己應該保留哪些東西。爸爸在盛裝打扮時會戴的手錶、工具腰帶、爸爸以前用餅乾盒裝了贏來的滿滿撲克牌籌碼，可是彼得已經記不得故事的經過了。

他又燃起放一把火的念頭。也許他應該把這少數特別的東西收起來，再把房間裡所有其他東西統統燒掉。這個念頭讓他不開心，所以他又跑回客廳，這樣就得面對他還是需要一件外套的事實。

每天下午，經歷了一小時這種情感戰爭後，彼得的呼吸會變得困難又急促，使他不得不跑到室外。

雖然室外的工作更加繁重，他還是比較喜歡待在院子裡。待在外面，比較容易往前看，比較難往回看。

彼得最喜歡重新整理媽媽的菜園。她死後六年，沒人碰過她的菜園，第一天下午，他在除雜草時弄斷了鋤頭，因為雜草就跟他的腰差不多粗，後來彼得只好改用斧頭。

他會在這裡種東西吃，就跟佛拉一樣。也許他甚至可以在菜園周圍種一些果樹，就跟她一樣：水蜜桃和蘋果。媽媽一定會贊成——曾經她對自己小小的收成是那麼驕傲。他會讓媽媽的花園再活起來，就是這樣。

戶外工作很耗費體力，卻能趕走憂慮。

花園要花很多錢。彼得身邊有一點現金，至少能買很多種籽，如果他找得到地方買的話啦。他需要一些工具、肥料……那類的東西。如果希望冬天有東西吃，最好幫自己弄來幾個罐子，也許還得為將來電力恢復預先準備個冰箱。還沒實現以前，得先蓋個爐灶才行。雖然每天都到瀑布去收集水，可是應該要找個更近的來源，至少在地下水清理乾淨以前……還有這個那個這個的。

兩個夜晚，彼得都發現自己跌坐在門廊的臺階，把頭埋在手裡，泫然欲泣。更糟的是——花園的食物還要好久好久才可能收成，可是他現在就需要東西吃，他只剩下一杯穀片，還有一點點蘋果乾了。

每天晚上，他都滿腦子問題的上床睡覺，肚子卻餓得扁扁的。

可是那兩個早上，他卻異常興奮的醒來。

「只不過是個小小的拜訪，」彼得每天都提醒自己，小心不讓自己浮現佩克斯會再回來跟他一起住的蠢念頭。「他是野生狐狸，那樣比較好。」儘管如此，他和佩克斯在河邊共度的時光真的是每天最棒的。只是作伴而已，只是斟滿自己的杯子。他永遠不會再背叛佩克斯了，所以不會有事的。

37

第二天早晨，黎明前吹起一陣冷風，打落了紫荊花的花瓣、翻攪河水，甚至擾動沉重的鐵杉枝枒。這陣風並沒有吵醒狐狸寶寶，卻為佩克斯帶來一個愉快的驚喜。

他緩緩從巢穴探出口鼻，想確認一下。沒錯，有訪客——雖然一點也沒有預料到，卻期待已久。佩克斯全身顫抖，尾巴搖動得愈來愈快，直到過了一會兒，他從灌木叢衝了出去，一路奔下山丘，去見布莉索的兄弟。

朗特回應佩克斯愉快的招呼，他們倆用彼此相遇第一天就開始的方式玩著摔角。

我的家人呢？佩克斯想要知道，他們肩並肩躺在陽光下，嗅聞彼此的氣味，探詢消息。

布莉索很健康，佩克斯得知這一點感到很安慰，孩子們也很好。他們要佩克斯回家。

已經不需要再尋覓新家了，朗特報告。**人類已經離開水庫了。**

佩克斯知道，可是他很驚訝布莉索竟然不擔心人類會再回來。接著朗特又分享了讓佩克斯更驚訝的消息：在人類離開前，還在水庫裡倒進超大量的魚，數量多到連孩子們都有辦法直接用手掌撈起來。**現在荒廢的農場很安全了，食物也很充足，可是布莉索因為失去女兒傷痛不已，現在根本不願意放下另外兩個孩子，獨自去狩獵，她需要你。**

佩克斯看得出朗特也因為外甥女死了而傷心。**她沒死。她跟我在一起。**

朗特跳了起來。他一路追蹤小雌狐到靜止的池塘，可是後來就只剩下佩克斯通往河邊的足跡，接著連佩克斯的足跡也消失了。他追隨佩克斯在布洛谷的氣味，跟著那個味道走到這裡。**讓我看她。**

佩克斯帶他走上山丘，來到鐵杉的樹枝下。朗特見到外甥女，興奮的發出吠叫，讓狐狸寶寶醒來。她想用力撐起身體看她舅舅，卻往後跌倒。朗特彎身不斷親

吻她的臉時，她努力攀住他的脖子。

朗特擔心的抬起眉毛。他抽回身子，仔細嗅聞她的味道。不舒服嗎？

不舒服，佩克斯證實了。

朗特煩惱的繼續檢查。她很小。她的哥哥們都長大了。

聽見哥哥們的消息，狐狸寶寶豎起了耳朵。

比較小隻的現在很高了，動作也很快。另一隻還是很結實，是這一隻的兩倍大。而且他們很強壯。朗特想起他們很愛玩突襲遊戲，比較壯的那一隻會突然跳到他肚子下，四肢瘦長的兄弟會跳到朗特背上。他們永遠都在打滾、跳躍，測試媽媽的耐心。

狐狸寶寶興奮的聽著他們的事。佩克斯很開心的聽著兩兄弟的冒險，可是也感到一絲焦慮。

他凝視著女兒，她醒的時間愈來愈少，現在好像又更脆弱了，胸部隨著每次呼吸淺淺的上下起伏，左手掌蜷縮在喉嚨邊顫抖著。

朗特在她身邊躺下，用尾巴環繞著她，她開始發出呼嚕呼嚕的聲音。

佩克斯衝向外面。女兒需要吃東西，他今天一定要讓她吃點東西才行。他狩獵了幾分鐘，卻徒勞無功，只抓到一隻蚯蚓而已。

他帶餐點進來時，她轉開身子。

佩克斯再度離開，帶回幾顆發霉的橡實。

狐狸寶寶把身體挨近她舅舅，拒絕那一丁點食物。

她要吃蛋，佩克斯告訴朗特。這裡沒有蛋。根本抓不到任何獵物。

布洛谷有蛋、荒廢的農場也有蛋。我們現在就一起回家吧，朗特催促著。布莉索在等。

你來的路上有遇到火嗎？佩克斯想知道。

土地焦黑，可是沒有火。

佩克斯看著女兒掙扎著想要起身。她顫顫巍巍的站在小小避難所的邊緣，他知道她會嘗試，可是沒辦法走多遠。

他關愛的舔著她的耳朵，讓她在柔軟的松針上再躺下來。**你先回去，**他回答朗特。**等她好一點，我們會跟上你。**

佩克斯陪朗特走到洞穴邊緣。**留在這裡，**他對狐狸寶寶下令。**我要跟朗特一起走到布洛谷，帶一些蛋回來。不要出去。**

寶寶對他嚴厲的語調張大了眼睛，然後就把頭垂向腳掌間。佩克斯很滿意，此刻幾乎已經完全早晨了，是她最睏的時間，所以在他回來前她可能都不會醒，不過他還是不想離開太久。

快點。他們一到外面，佩克斯就催促朗特。

朗特卻往下走到河岸，快速走到大石頭邊。

佩克斯也加入他。他們正在葛雷死去的地點。兩隻狐狸都靜默不動，彷彿老狐狸天賦的那股平靜此刻依舊從他的骨骸間升起。

佩克斯短暫的想起他的男孩，他很快就會到這裡來。今天他們不會一起玩了。接著，與他的朋友肩並肩站在一塊兒，佩克斯分享了朗特對這裡發生過的事的回憶：在找到布莉索和佩克斯時，朗特充滿成就感的躍過水面；他開懷的往他們的方向蹦上山丘，卻在半路碰到爆炸，炸斷他一條腿；那些日子他是怎樣半生不死的倒在滿是泥濘的蘆葦叢間，最後他終於醒來，發現自己恐怖的失落。

一陣新鮮冷風拂動黑暗的水面。**離開這裡吧**，朗特催促著。**回家**。

38

第三天，彼得因為一陣風醒來，風銳利到彼得都聽見它呼嘯著吹過後院的樹木了。他覺得寒意鑽過了牆壁，彷彿冬天把手指探進屋子裡，提醒大家它會再回來。他今天應該要檢查柴薪還剩多少了，彼得心想，一面把毯子往上拉。

彼得還想起一件事：他知道鄰居後門的鑰匙藏在哪裡。

鄰居是一位獨居的老太太，彼得知道鑰匙的位置，是因為他以前會幫她搬柴火進屋。他還知道另一件事：她有一間食物儲藏室。一間只用來放食物的、真正的儲藏室。她以前會告訴彼得：「颶風、龍捲風、瘟疫，還有戰爭——我全都見過了。有理智的人會預先做好準備。」

等到彼得堆好柴薪，她每次都會試著餵他吃東西——她說自己很想念餵早就已經長大成人的兒子吃東西的時光。從第一次以來，彼得每次都會拒絕，因為他吃東西時，她想聊的就只有一個母親見不到自己的兒子有多慘，那個話題讓彼得食不下嚥……一個兒子見不到自己的媽媽也同樣很慘……這句話卡在彼得的喉嚨。

他套上幾件衣服、帶著水罐，跑到空空蕩蕩的馬路中間，心裡想著自己不曉得還要多久才會習慣小心路上的來車。他習慣性的敲敲後門，過了一分鐘，他進到屋裡。

老太太八成是匆匆忙忙離開……一件襯衫還掛在沙發的扶手、穿好線的針固定在上頭、咖啡桌上放著攤開的填字遊戲雜誌、盤子堆在水槽裡，所有的一切都蒙上了塵埃。

彼得打開廚房外的一扇門，果然在那裡。真是一團糟——裡頭散發老鼠的臭味、燕麥和麵粉散落在地板上，不過架子上還是整整齊齊的排滿罐頭和廣口瓶。果醬與湯、奶粉、水果乾和蔬菜乾……就連花生醬都有，有三罐。

不會有事的，在想清楚該怎麼辦以前，這裡的東西夠餵飽他了。這也不算是偷，因為老太太每次都會給他這些東西。如果她在水源復甦後回來，彼得會想辦法補償她。他甚至願意聽她抱怨有多想念兒子……只要她想說，他就會聽。

今晚他會帶手推車回來補貨。不過現在嘛，有個朋友在等他。

一個愛吃花生醬的朋友。

彼得在口袋裡塞了一罐花生醬，往外走。

到達河邊時，太陽正高掛天空，河水也被擊打成波浪。彼得迎著風大聲呼喚：「佩克斯，對不起，我遲到了！」

過了十分鐘，佩克斯不見蹤影。彼得打開花生醬，納悶著味道能飄多遠，還四處揮舞著罐子。

又過了十分鐘，還是絲毫不見他的狐狸。彼得走上山丘去取水，再回來坐在半路的草地一塊石頭上等，手裡拿著那罐花生醬。

他留意著那株巨大鐵杉底下的灌木叢，因為佩克斯前兩天都是從那裡出現。下游的蘆葦在風中發出沙沙聲，聲音非常安詳。彼得很累，眼睛閉上好幾次，所以他差一點就要錯過了。

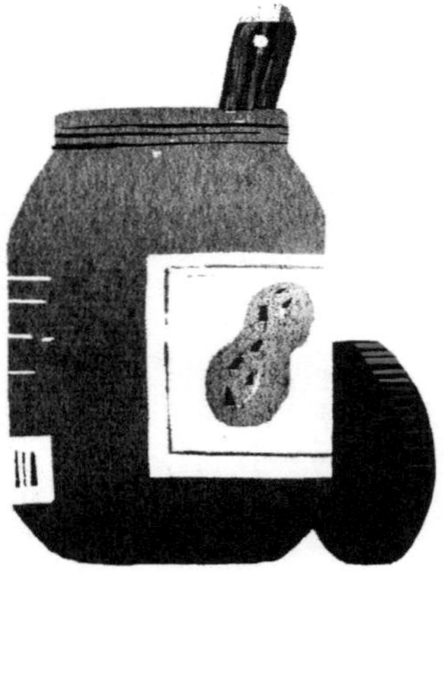

灌木最底層有什麼動靜。某個尖尖、咖啡色的東西探出來——也許是一張臉、也許不是。接著又消失了。彼得很仔細的看，過了一分鐘，他又看見了。是的，是一張毛茸茸的臉，肉桂色。可是很小，比佩克斯小太多了。那隻小動物移動了，灌木叢間閃現明亮的毛皮。彼得用力看——說不定是一隻小狗？一隻小狗在外面做什麼？這裡根本沒有人住了……

不管那是什麼，牠向水邊移動，然後現身：是一隻狐狸寶寶，頂多兩個月大吧，非常瘦。

彼得坐了起來。狐狸寶寶搖搖晃晃的沿著小路走到河邊。彼得慢慢拼湊出來了——她要去喝有毒的水。

他從石頭上跳起來，開始往前跑，小玉的警告在腦袋裡像鬧鐘一樣響起。**動物寶寶受到最大的威脅，因為牠們的神經系統還在發展。**

「走開！」彼得大喊。「快走！」

狐狸寶寶一聽到他的聲音就跳了起來。牠僵住了一會兒，可是接著還是很小心的踏進滿是石礫的淺灘。

彼得從岸邊溜下去。他現在可以更清楚的看見小狐狸了，牠有毛茸茸的紅棕色尾巴，和一張尖尖的、精緻的臉。是雌狐，可能吧。她媽媽到哪裡去了？「快走開！」彼得用更大的聲音吶喊。「走開！走啊！」

狐狸寶寶跌跌撞撞，可是她沒有回頭，她低下頭去喝水。

彼得想都沒想，把手裡的罐子拋了出去，他在丟的時候就曉得了：他丟得太用力，又瞄得太準。快跑呀，他對小狐狸示意，可是她沒有，結果罐子正好在她站的地方爆開來。

就在這個時候，一隻大狐狸從一旁的灌木叢裡衝出來。

佩克斯跳進淺灘，刁起寶寶——是他的寶寶，彼得立刻就明白了。

「對不起！我不是要傷害她！」彼得大喊，一面對河裡潑水，可是佩克斯和他女兒已經消失了。

39

佩克斯將寶寶帶到鐵杉的枝枒下，仔細檢查他的孩子全身。他沒找到傷口，可是此刻他的心依然因為恐懼而跳得很快。**妳離開了安全藏身地**，他責怪她。

我很渴。寶寶並沒有表示順從的彎下身體，可是她搖著小尾巴，為自己不聽話請求原諒。

佩克斯舔舔她的臉頰，讓她知道自己已經被原諒了。

你說你的男孩不危險。可是他威脅我。

不。不是在威脅。這一點佩克斯很確定，可是他同樣很困惑。彼得丟了一個東西過來，就砸在他女兒旁邊的石頭上。為什麼？

他的男孩以前常常朝另一個男孩丟白色的皮革圓球，另一個男孩會用穿在一隻手上的厚厚覆蓋物接住。彼得會一次又一次的不斷丟球，他丟得很用力，就跟把罐子丟到河上時一樣，可是兩個男孩都會大笑，而且玩這個遊戲時他們總是很放鬆。

不過那些時刻跟今天不同，佩克斯還是感到很困惑。我的男孩不是在傷害。他難過又關心。

狐狸寶寶想弄懂佩克斯怎麼知道，男孩在下風處耶。

這個佩克斯倒可以解釋。他是用悲傷又渴望的語調對我們喊話。

悲傷又渴望的語調？

佩克斯回想自己聽過多少次男孩的這種語調。

彼得獨自坐在他的巢穴房間裡時，佩克斯最常聽到。去年他見到男孩的最後那些日子裡，這種語調一直很強烈：彼得把東西打包到箱子的時候；車子開走、他哀號的時候；土狼出現那天，彼得送走他的時候。

佩克斯又跟女兒分享了另一段不同的記憶，那時他剛剛和彼得在一起。

我在圍欄裡，肚子很餓。那天晚上，我的男孩沒有餵我。他和他爸爸下午時憤怒的互相吼叫，後來他跑走了，一直到太陽下山都沒有回家。

我很焦慮，在圍欄裡走來走去。

他很晚才回來，晚到月亮都已經高掛在天空。他拿食物來給我。我吃的時候，他坐在我旁邊，用悲傷又渴望的聲音安慰我。我的男孩陪我一起躺在稻草床上，就連在睡覺時也一樣，那種悲傷又渴望的氣味一整個晚上都掛在他身上。是傷心，也是渴望。

狐狸寶寶還是不懂。

這就像是狐狸的悲傷呼喊。葛雷死的時候，佩克斯對著狐狸的骨骸悲傷呼喊，朗特受傷時，他也跟布莉索一起呼喊，可是他的孩子沒聽過這種聲音。有一天妳會知道那是什麼樣的呼喊。不過只有人類才有那種悲傷又渴望的感覺。

還來不及繼續解釋，一群烏鴉從頭上降落引起的騷動，讓他們大吃一驚。

佩克斯溜出去聽烏鴉說話。

那一大群人類，水庫那群人，又回來了，佩克斯得知。人們又往下游走了。走多遠？走多快？佩克斯想知道。可是烏鴉們飛走了，他們突然飛起來，樹枝因鴉群騰起而發出喀嗒聲。

佩克斯縮回樹叢裡。**我們必須離開。妳能走嗎？**

狐狸寶寶站起來，跟著佩克斯出去，一開始昂首闊步，可是才幾步，就失去平衡。

她望著自己的後腿，對後腿不好好動作感到生氣。她甩了甩身子，打噴嚏呼出了一些沒有用的葉子，接著又抬起下巴，再次出發。

可是她馬上又癱倒在地。

佩克斯來到她身邊，更仔細的檢視她。

她的皮膚沒有因為毒刺而腫起來，像布莉索發現蜂窩那時候一樣。她沒有出血的傷口，沒有感覺疼痛，像布莉索的尾巴燒灼時一樣。她的肚子沒有變得僵硬，像朗特在廢棄農場吃了發芽的馬鈴薯後一樣。她沒有重傷到陷入昏睡，像朗特失去腿的時候一樣。

布莉索和朗特從那些傷勢中一天一天康復。

他的孩子卻愈來愈虛弱，就跟他自己有記憶以前的情況一樣：一天比一天虛弱。要不是男孩彼得接住了他，他應該早就死了。

佩克斯往下看著他的孩子，總算知道該怎麼做了。他叼起她脖子旁鬆鬆的毛皮，感受她有多輕、她的皮膚多麼不結實。

回家？寶寶問。

我會保護妳。這是佩克斯的承諾。

40

「笨蛋、笨蛋、笨蛋。」彼得繞著後院走，一面喃喃自語。他撿起枯木，排成一圈，就排在車道尾端空空的地方。他被詛咒了。他傷害了每一個心愛的人。難道他還沒有學到教訓嗎？

彼得打開佩克斯的舊圍欄，掃出一堆腐化的稻草，讓老鼠的地道和疾走的甲蟲都無所遁形。他跑到外面，將稻草扔到木頭上，用更大的聲音喊著：「笨蛋！笨蛋！」又跑回去搬更多稻草。

他傷害了每個人，然後他們全都走了。媽媽……在她生命裡的最後一天，對彼得失望透頂。他跟小玉說過這件事，小玉說不能怪他，因為他才七歲，而且媽媽才不會因為小孩砸爛一個花園雕塑球就發生車禍。可是小玉又懂什麼了？

爸爸。看看他發生什麼事。離基地一百六十公里？他可能要去佛拉家吧。不論他怎麼說，彼得住在那裡一定還是傷了他的心。彼得一直設法不去面對，不然爸爸還會在那做什麼？

還有佛拉。他這輩子剩下的時間，一定會一直想到她臉上受傷的表情，因為他告訴她自己不需要她，她才不是他的媽媽。

現在輪到佩克斯了。又一次。去年的事應該夠了，可是不，他重整自己，再度背叛過去的寵物。彼得希望佩克斯聽見了他尖叫時聲音裡的懊悔。對不起！可是那只是他自己一廂情願而已。

笨蛋、笨蛋、笨蛋！

他不會再犯了。他要重新開始。今天他要鼓起勇氣，真正終結過去的生命，這樣才能開啟新的生命。

那圈引火柴現在覆滿了稻草，彼得跑進屋裡，到房間裡。從衣櫥裡拉出衣服，扯掉牆上的海報，把床底下的箱子也踢出來。他掃掉架子上所有的相片、魔術、書和拼圖、晶洞玉石、箭鏃，還有裝滿迷你動物骨骼的小火柴盒，所有的一切全掃到地上。

他捧起一堆一個笨小孩舊生命裡的舊玩意，拿到外面，丟到那堆稻草上。他一趟又一趟，速度愈來愈快，搬空他的舊房間，直到連地板都空空如也。

他從工具棚拿來點火液，再跑回屋外，把點火液潑到那堆亂七八糟的東西上，接下來他衝進廚房。彼得現在已經氣喘吁吁了，可是他不敢慢下來，否則可能就沒辦法繼續下去。他抓了一盒火柴，立刻回到屋外，點燃一根火柴拋了出去。

火焰熊熊燃起，發出的怒吼簡直讓彼得的胸膛連一口氣都不剩。

過去一年，所有他緊握的事物都脫離了。在火焰吞噬他的舊生命時，彼得哭了起來。火勢更猛時，他號啕大哭。他脫掉上衣，感覺皮膚在熱焰下的刺痛。他蹲得很靠近火堆，直到聞到自己的髮尾微微燒焦的氣味。他為自己失去的所有一切哭泣，也包括身後的屋子裡應該在卻不在的爸爸。彼得哭了又哭，如此靠近火焰，使他臉頰上的淚水都烤乾了，他的眼睛和喉嚨也沾滿了灰燼。

最後，他筋疲力盡，爬到門廊上，癱在臺階。在他身邊，他的背包掛在欄杆上。

也許連背包也應該燒掉。

一年級時，媽媽為彼得買下這個背包。也許應該把背包丟進火裡，因為這也充滿各種回憶——他第一天帶佩克斯回家時，佩克斯就爬到這個背包裡。

不過這是個好背包。平實的海軍藍、堅固的帆布、成人尺寸。一年又一年，彼得的身形愈來愈適合這個背包，直到現在背包完全吻合他的肩膀，就像他肌肉的一部分似的。要繼續往前走，他需要一個好背包，再說裡面還放著爸爸的骨灰。

彼得把背包從欄杆上拉下來抱在胸前。火一熄滅，他就要把爸爸的骨灰帶到墓園，撒在媽媽的墳墓上，畢竟今天適合勇敢。

他把背包掛在欄杆上，轉身面對火堆，彼得看見自己做了什麼。

是一個巢。他搭了一個巢，用他過去生命裡所有的東西點火，就跟鳳凰的故事一模一樣。只不過，他聞到的不是香與香料的氣味，而是羊毛、紙張、融化的塑膠，還有球鞋的橡膠味，不過依然是同一個故事——新生命從過去的灰燼中升起。

現在火焰漸漸平靜，慢條斯理的燃燒殆盡。彼得閉上眼睛，聆聽火焰弄亂東西的聲音。故事可以穿越時間旅行真是件奇妙的事，媽媽很愛那個鳳凰的傳說，所以告訴彼得這個故事。彼得依然記得她講到烈焰燒盡、生命重生的時刻，聲音裡的興奮。

離開佛拉家，去找佩克斯那天，彼得用這個故事讓佛拉燒掉她的舊木腿，她總是到處拖著那條腿，為自己在戰爭中做過的事懺悔。她穿著木腿是一種對自己的懲罰，幾週後，彼得回來時，看得出穿上義肢對她來說是一種治療，佛拉接受了事實，她可怕的債已經還完了。

後來，佛拉將鳳凰的故事告訴她的公車司機朋友，因為他也有自己的魔鬼要面對。誰曉得在那個傢伙之後，又有誰聽了這個故事？或是在媽媽聽到這個故事以前，這些年來有誰因這個故事而感動？

等彼得張開眼睛，他強迫自己看著土丘坍塌成灰燼，一直到木塊上的煙霧消散，才終於別開目光。

一開始他以為眼前出現的是熱幻覺——是佩克斯，就坐在工具棚旁邊，他嘴裡垂掛著什麼小小的、毛茸茸的東西。

彼得揉揉自己痠痛的眼睛。不是幻影，佩克斯就在那兒，下巴叼著一隻狐狸寶寶，看起來好像已經死了。

水罐終究還是砸中佩克斯的寶寶了。彼得殺了她。佩克斯是來告訴他：看你做了什麼好事。

彼得把臉埋在手裡，像個懦夫，然後他想起來——今天是他應該要勇敢的日子啊。他張開眼睛，面對自己做的事。

這時候寶寶扭動了一下。

彼得坐了起來。

佩克斯沿著火堆走，直直走上臺階，從頭到尾都盯著彼得。

「我不是瞄準她……」彼得說，接著又停了下來，他根本沒辦法解釋。「小子，你要什麼？」

佩克斯彷彿做出回應般，將狐狸寶寶放在彼得腳邊，這樣她看起來更是嬌小得不得了。狐狸寶寶退到佩克斯前腿間，不斷發抖。

彼得自然而然的伸出手，想安慰嚇壞的狐狸寶寶，又馬上縮回來，看著佩克斯，想知道能不能那樣做。佩克斯好像沒有反對，於是彼得用一根手指摸摸小狐狸的額頭：在絲綢般的毛皮下，是她的骨頭，細緻得有如一顆蛋。「怎麼了？你要幫她找食物嗎，佩克斯？我有食物。」

佩克斯越過女兒，靠著彼得，將頭放進彼得的下巴和鎖骨之間，他以前都是在這個位置睡著。彼得感受著老朋友柔軟的氣息溫暖了自己的耳朵。喉嚨對著喉嚨、脈搏感受著脈搏，那是一個信任的姿勢，彼得曉得自己又被原諒了，這讓他泫然欲泣。

寶寶嗚咽了一聲。她用後腿伸展了一下身體。佩克斯彎向她，他們用口鼻部互相磨蹭。

彼得不需要翻譯，就知道狐狸爸爸和女兒互相交流了什麼。佩克斯再度向她保證，告訴她自己愛她，不會有事的。

這時候佩克斯做出讓彼得震驚的舉動，他走開了。

彼得跳了起來。「你要去哪兒？」

狐狸寶寶跌跌撞撞的想跟上爸爸，可是她搖搖晃晃，往左邊跌倒。她的雙眼因為恐慌睜得老大，她站了起來，可是沒走幾步，又跌倒了，她發出哀號。

佩克斯停下腳步，因為她的哭聲而轉過身子，可是他沒有回來。他望向彼得。

這時候，彼得了解了。「噢，不！不會吧？回來啊！」

佩克斯走向庭院邊，就是跟森林的交界，他坐了下來。很明顯，他在等待什麼。

「我沒辦法！我不會。」

佩克斯還是繼續等待著。

想到他的狐狸這麼容易就信任他，彼得被羞愧的感覺淹沒。「好吧，」他喊道。「我來照顧她。」他蹲下來，捧起這隻小生物。

她簡直輕到不可思議，全身只有骨頭和毛皮，張著大大、恐懼的眼睛，她哀叫的方式，讓彼得的心揪在一起。「佩克斯，等一下，回來啊！拜託！」他喊著。

佩克斯佇立著，隨即消失在森林裡。

彼得望著他離開，感覺被拋棄，可是，他也感覺彷彿什麼東西變得完整了。他將佩克斯趕到野外，因為他知道那樣對佩克斯最好。現在佩克斯為了同樣的理由留下他的孩子，那顯然是真的——除非迫不得已，佩克斯絕對不可能拋下自己的寶寶，除非那樣對她比較好。

彼得還記得爸爸聽到他想跟佛拉住之後講的那段話，「她夠像家人了。」「佩克斯，你是個好爸爸，」他朝看不見的朋友身後喊道：「可是我不覺得我夠像家人啊。」

彼得往下望著捧在掌中、縮成一團的狐狸寶寶。他打中了她嗎？彼得檢查她的全身，可是沒看見傷口，他將她放了下來。她往後退開，可是又跌跌撞撞，就像右腿不聽使喚似的。

彼得突然明白了。「噢，不。」他把她捧起來，輕輕擱在下巴底下，然後突然驚覺：小玉之前描述過那些浣熊寶寶的狀況……身體顫抖、平衡問題……「是水，妳喝了有毒的水。」

有那麼一會兒，彼得升起一個瘋狂的念頭。小玉曾經說過一種治療重金屬殘留物的方法：牛奶、木炭，還有什麼的，也許他可以全都照做，然後就可以放狐狸寶寶走了。

可是不行，沒有任何東西能完全回復已經造成的傷害。小玉說過，在大自然中，缺陷不必很嚴重……只要一點弱點，狐狸寶寶就幾乎不可能活下去。

養佩克斯以前，過去的彼得……可能會養她。可是彼得已經不是那個孩子了。不，只有一種人道方式是可行的——爸爸說他應該對佩克斯做的那件事。「對不起，」彼得對狐狸寶寶說：「我保證不會讓妳受折磨。可是我沒辦法在這裡進行。妳爸爸可能在附近，或者他有可能會回來。」

彼得將寶寶放在背包裡裝骨灰的盒子最上方，這樣她才不會被壓扁，接著，他背上背包，走進工具棚，拿出一把鏟子，再到地下室的工作間去拿爸爸的獵槍。

他從來沒碰過那把獵槍。許多年來，爸爸一直試著想讓彼得學會射擊，不過彼得總是拒絕，因為光是看到槍就已經覺得不舒服，這會讓他想起爸爸提議用槍來終結佩克斯的痛苦。

現在彼得伸出手，拿起獵槍。

他一手拿著鏟子，一手拿著獵槍，出發前往墓園。

41

只不過往前騰躍了幾步，轉身回去找孩子的衝動就變得更加強烈。

佩克斯停了下來。他鑽進一叢樹苗，往外探出頭。

他看見彼得把寶寶放在地上，他立刻彎下臀部，隨時準備跑回女兒身邊。

可是這時候彼得又舉起狐狸寶寶，把她輕輕擱在下巴底下。他的男孩用很關心的語調低聲安慰他的女兒，把她抱在胸前，她就停止了掙扎。

佩克斯還是很猶豫，感覺左右為難。

這個時候，彼得又將狐狸寶寶放進他的背包。

看到那幅景象，佩克斯感覺自己的焦慮釋放了。對他的男孩來說，那個背包是神聖的庇護所。日復一日、年復一年，彼得永遠隨身帶著那個背包，背得離身體很近，佩克斯自己就曾經安全的躲在裡頭。

他現在確定了，女兒會很安全。

佩克斯轉過身去，他開始奔跑，愈來愈用力的奔跑。他會不分晝夜的奔跑，在抵達廢棄農場小屋底下的洞穴以前，他都會不斷奔跑。

不是因為那裡有愛他、等待他的狐狸們。

不是因為即將到來的夏日，璀璨豐盛的魔力在他身旁歌唱。

他奔跑，是因為如果不跑，他的心就會粉碎。

42

彼得站在墓園的入口，雙腳突然生根定住。

他沿著主要大街正中央一路走到這裡，因為沒聽見任何車聲而感到不安。再過一個月，水戰士完成清理工作，人們就會開始搬回來，到時候事情會變得更簡單，同時也更困難。就像小玉說過的，十三歲的人不能自己住，那是另一個他得設法解決的問題。不過不是今天。

他把臉貼在大鐵門上，從鐵柵欄往裡看。從前總是修剪整齊、定期除草的墓園草地，已經超過一年沒整理了。參差不齊的綠草長成了起伏的地毯，上頭還星星點點的散布著蒲公英和矢車菊，全都包覆在墓碑上。

彼得推開大門，沿著小徑上坡，走向媽媽的墳墓。這裡好安靜，他聽見每顆小石子喀啦喀啦的聲音。

彼得抵達媽媽的墓碑，就在一棵碩大榆樹的樹蔭下。他將槍和鏟子擱在墓碑旁。彼得鬆了一口氣，因為他和爸爸種的山月桂樹叢長得很茂盛，在毛茸茸的草叢間看起來非常安適。「我比較喜歡像這樣自然的樣子，」他大聲說：「我想你也是。」

彼得將肩膀上的背包解下來放在地上，從背包裡拿出裝骨灰的箱子，再把背包的拉鍊拉上。他打開箱子，解開箱子裡的袋子上的結。「我知道你也很想念媽媽，」彼得說：「只是你很難說出口，我猜你會想待在這裡。」

他舉高重重的袋子，斜斜的打開。袋子裡砂礫狀的東西宛如雪花般輕柔的篩過墳墓，比較軟的灰燼紛紛飄落，灰燼彷彿融進石頭、高高的草和花朵裡，就像為了抵達這裡已經等待了好久好久。

彼得握著空空的袋子，感覺淚水再次從臉龐滑落，他甚至連擦都沒擦。「我真希望你們還在，」他對自己的父母說，這是六年來他第一次同時對他們兩人說話。「今天真的好辛苦，而且還沒結束。」

彼得拿起鏟子。他先切下山月桂樹旁一塊圓圓的草皮，這樣他待會兒埋葬狐狸寶寶時，就可以用柔軟的草覆蓋她。接下來，他只挖了幾鏟軟軟的泥土，就已經準備好一個夠深的洞，讓狐狸寶寶不會被任何掠食者打擾。

他舉起獵槍，把木頭槍托抬到臉頰邊，感覺槍托在震動，他的腿一陣虛弱，可是他努力撐開腿，握緊獵槍，滑動插銷，讓彈匣上膛，再關閉插銷，彼得看過爸爸這樣做過很多次。

接著，他跪在背包旁，拉開拉鍊，沒有往包包裡看。他又起身，鬆開手動保險，咖嗟聲似乎在寂靜的墓園裡迴盪。

彼得再度將獵槍舉到臉頰邊，瞄準打開的背包，他握著槍柄的手汗溼了，變得黏黏的。狐狸寶寶一現身，他就會扣下扳機，要在她用那雙金色的眼睛望向他以前。她的眼睛跟佩克斯真像……**不讓牠痛苦……這才是正確的事**……彼得多少年前就聽過爸爸這麼說……

他用一隻腳輕輕推了一下背包，沒動靜，有那麼一秒的時間，彼得不理智的希望狐狸寶寶早就逃走了。可是這時候他聽見微弱的叫聲，聲音就跟佩克斯小時候一樣，那個聲音讓他的腸子感覺好痛，彼得突然丟下獵槍，跑到樹後一陣乾嘔。

後來他倒在長草間，用手臂環抱著膝蓋，不斷喘氣。他的眼裡又充滿淚水，這一次是因為羞愧。他在這裡抱著膝蓋感覺不舒服，可是爸爸只剩下圍繞在四周長草間、帶著砂礫的骨灰，等著他長大、做正確的事。彼得伸出手去摸那些灰，望著手上的灰，彼得突然驚覺：這就是證據啊。爸爸已經不在這個世界了，他們之間已經沒辦法再修補、改善關係了。

可是，他們之間也不會更糟了。

彼得看著背包，想像狐狸寶寶在裡頭發抖。他突然明白了：也許射殺狐狸寶寶對爸爸來說是正確的事，可是對彼得來說不是呀。這樣才不勇敢，事實上，這樣是懦夫的行為。如果那樣會讓爸爸或任何人失望，也沒關係。這是他的生活，是他要過的日子。

他爬回背包旁，仔細往裡頭看看，狐狸寶寶也抬頭望著他，彼得看得出她有多害怕。他看見對她來說自己有多巨大、多恐怖。「出來這裡，」彼得輕柔的鼓勵她。「我不會傷害妳。我只是要看看妳，才知道該怎麼辦。」

他握住她的前胸，感覺她的心怦怦跳，再用力拉拉她，他聽見她的爪子極力想抓住帆布的聲音。

彼得又用力拉，狐狸寶寶比剛才更激烈的想抓住布，她真是意志堅定的小東西，就算生病，還是很堅強。他把她移開，一次一隻腳掌，她不斷掙扎、發出嘶嘶聲，直到最後彼得終於成功把她從袋子裡拉出來。

她一隻爪子抓住一個皺巴巴的咖啡色信封。

又看見那個軍方的戳章，彼得的身體竄過一陣寒意。已經兩個月了，他忘記信封就在那裡。

嗯，洞已經挖好啦，他會把信埋在這裡。沒讀過的信。

他拉走信封，正準備把信丟進狐狸寶寶的墳墓時，心想：不。也許報告會比他一直害怕的結果還要好啊。再說今天是他做勇敢事情的日子，此刻最勇敢的事不就是讀信嗎？

他坐了回來，用兩腿包住狐狸寶寶，打開咖啡色的信封。掉出兩個白色信封：一個是軍方的官方信封，另一張是正方形的普通信封。

軍方的通知信打開過了。當然是爺爺。*你爸是死於愚蠢*，他警告過彼得。彼得抽出官方報告書。

沒有比他害怕的狀況好，而是更糟。

爸爸是在基地外被殺的，被敵軍的迫擊砲，這一點彼得和爺爺知道。新聞上說爸爸並沒有接獲離營許可，那很糟，被標記為「未假外出」，可是這還不是最糟的。他們發現他開的吉普車裡有配給，這樣就等同於偷竊政府財產，還有錢，這暗示他可能是逃兵。按規定，他必須被開除軍籍。

彼得撕掉信，扔進狐狸寶寶的墳墓。

他撿起另一個信封。顯然是一張卡片。之前爺爺收到一堆慰問卡，彼得讀過那些卡片。「你兒子是個好人」還有「很榮幸與他一同服役」那類的東西。如果寄信者知道報告裡寫些什麼，他們還會那樣說嗎？

這封信署名只有「給他兒子」，可是爺爺同樣打開過了。

嗯，如果今天要表現得勇敢，最好繼續讀下去。

彼得打開卡片，是空白的。裡頭摺著一張印著線條的筆記本內頁。彼得打開這張紙，開始讀。

我見過你一次。你拄著枴杖，到基地這裡來見爸爸。你來過以後，他就開始到處找我，為了聊天。瞧，那時我就快要當爸爸了——是雙胞胎，我猜我大概到處講吧，我很得意嘛。

抱歉我不記得你的名字，我應該要記住的，因為他總是在談論你，隨時都在說。你有多堅強，拄著枴杖走那麼遠的路，他對此非常驕傲。還有你聰明又善良，像你媽媽。他說你對動物很有一套，幾乎是有某種魔力，還有你不該放棄那個。他說他虧欠你，關於丟掉的狐狸什麼的吧，我不記得了。

總之，我知道他會希望我告訴你一件事——他不是逃兵。他的確擅離職守，可是他不是逃兵，而且他那樣做是有理由的，理由就是我。

事情是這樣的：我已經超過一星期沒聽到太太的消息了。寶寶的預產期就快到了，所以我很想知道她是否平安無事。我不能回家，沒人獲准放假，我也不敢溜出去，不是因為危險，附近並沒有戰火，可是因為我兩個寶寶快生了，我不能冒著被開除的風險，不能丟掉我的軍餉。可是我就快瘋了，所以我決定要回去一趟。

你爸爸，他說知道太太失蹤了那種擔心是什麼感覺。

所以他代替我去。四小時去，四小時回，甚至沒人會想他，他說。他會看看她是不是沒事，給她一些我存下來的錢和食物，在清晨軍隊起床時間前回來。

只不過他並沒有回來。我想你已經知道那部分的事了。

所以他不是逃兵，他是為一個朋友出任務。現在兩個寶寶還有父親，都是幸虧有你爸爸才沒事了。他們的爸爸有薪水可領，這並不是毫無意義。

我沒有向上呈報。我這輩子都會帶著這份羞愧，我希望你能幫我保密，因為這兩個寶寶還需要他們爸爸的薪水。

可是我想這得看你如何決定。

我覺得你應該要知道實情。

我很抱歉。

二等兵湯瑪斯・羅伯茲

這張紙條就攤在他大腿上，彼得好像什麼也沒看見，一動也不動的坐著。他聽見蜜蜂在矢車菊間工作，還有一隻老鷹發出刺耳的聲音，可是幾乎沒意識到牠們在場。

他不真的在那裡。爸爸在磨坊那邊，偷了一輛吉普車外出，接好線路發動、關掉燈光、切掉發動機——冒很大的風險，為了出一趟好心的任務，當個男人。

最後那一天，爸爸說他會改變。彼得的大腿上擱著的信，就是他已經改變的證明。

彼得望向媽媽的墓碑，希望自己能告訴她。她的遺言與爸爸有關：**不要像爸爸**。如果她能讀一讀這封信，彼得知道她會說：**要像爸爸一樣喔，就像他那樣**。

因為爸爸就是那樣改變的——變成她希望他當的人。彼得也突然了解另一件事：那最後一天，爸爸說……**不要緊**。彼得待在佛拉那裡也沒關係……彼得其實在那溫柔的話裡聽到媽媽的影響。

「我對佛拉不好，」此刻彼得大聲對她的墓碑說：「我對她很兇，我想那是因為我一直覺得自己背叛你。她永遠不會取代妳的位置，可是她會是其他的，是好的什麼，我想如果待在那裡，妳會為我高興。」

彼得又讀了一次紙條。這一次，知道了會發生什麼事，他好想對爸爸大吼：別

這麼做！那是他太太，不是你的，讓他自己去啊！對這個讓爸爸死掉的男人非常憤怒。可是即便他這樣做的時候，也知道這只是一個小小孩的憤怒，一個想找誰來怪罪的小小孩，他知道。

他第三次讀了紙條。這一次，他讀每句話時都感到驕傲——如此強大又奇特的感覺，他為了適應這種感覺，心都伸展開來了。

可是最用力擊中他的句子，是爸爸的願望。**他說你對動物很有一套，幾乎是有某種魔力，還有你不該放棄那個。**

彼得重讀了那句話，嚇了一跳，發現自己正用手指輕撫著狐狸寶寶細細的脖子，她已經貼著他的大腿睡著了。彼得抽回手指。

狐狸寶寶醒了，疑惑的嗚咽了一聲。現在她的聲音聽起來不害怕了，只是很寂寞。

彼得把她提了起來。她懸在彼得面前，已經不再掙扎，她深深望進彼得的眼睛，彷彿在尋找他靈魂背面的什麼。

可是彼得才是找到答案的人。

他將狐狸寶寶拉到脖子上。「我不曉得要拿妳怎麼辦耶。」他靠過來，把獵槍上的安全保險推回去。「不過，當然不要用這個。」

彼得起身，把狐狸寶寶再度放回背包。他拿起鏟子，開始挖土，把之前挖的洞加大，挖掘出一條直線，保留草皮，直到挖出一條夠長的壕溝為止。

這時候，他將獵槍丟進去，把柔軟的泥土和草蓋在上面。對他來說，這才是正確的。

43

佩克斯奔跑著。

他不眠不休的旅行了整整兩天，迫不及待想回到家人身邊，可是，在看得見家的小徑上，佩克斯猛然停下了腳步。

兩隻毛色亮麗的大狐狸用又長又結實的腿在棚子前的青草地翻滾。布莉索躺在上方的臺階，看起來很放鬆，卻依然保持警戒，一方陽光將她的肩膀染成紅褐色。

佩克斯爬到小徑旁的大石頭上坐了下來。他的兒子們在上風處，不會聞到他的氣味，他驚奇不已，想要好好欣賞。

他們現在勢均力敵了。像小熊的那隻身形還是比較大，輕輕鬆鬆就能把他的兄弟撞倒在地，可是比較小的那隻長高了，非常敏捷，他會扭開身體，在比較大的寶寶轉身前突然撲上去。

他們跟佩克斯留下的寶寶是如此不同，動作一點也不笨拙，變得非常流暢，而且好像有用不完的精力。一次又一次的翻滾，神氣的全力跳躍，發出低吼又互相啃咬，假裝威脅對方。他們一次又一次跳開，被各式各樣的驚奇吸引——搖曳的覆盆子莖、蟋蟀、自己的尾巴，所有的一切都熱烈召喚他們去探索。

佩克斯帶著滿心驕傲與滿腔的愛起身。

同一時刻，布莉索的臉轉向他。她翹起耳朵、甩動尾巴，躍過臺階，躍過她打鬧的孩子們。

佩克斯也從大石頭上跳衝了出去，開心的磨蹭他的伴侶，發出吠叫，不過兩個大寶寶旋即衝到他們身上，用爪子抓扒、親吻父親。

布莉索往後退。

佩克斯與兒子們靠得很近，再次對他們已經長得如此強壯感到驚訝不已。他們衝到他身上、跳到他背上，用肌肉跟爸爸角力。他們一起表演，假裝松果是老鼠，發動突襲，把松果在他們倆之間打來打去，接下來，輪流表演其他已經習得的技巧，再衝回來表達更多的愛意。

最後他們總算在陽光下攤成一堆，在佩克斯身旁喘氣。

直到這個時候布莉索才加入。

她幫佩克斯洗澡，清理他的耳朵、鬍鬚、破裂的肋骨，還有為了他們的家庭跋涉如此遙遠路途的腳掌。她用臉頰摩擦他的臉，融合他倆的氣味。

這樣做的時候，布莉索發現女兒留下的蹤跡。

朗特已經告訴她小雌狐病得很重。她死了嗎？

沒有，她還活著，佩克斯把一切都告訴布莉索。

一開始，布莉索對男孩彼得帶走了她的孩子很不開心，可是佩克斯告訴她，女兒沒辦法撐過旅程回到家，她平靜下來。有些人類不危險，她知道。那些水庫的人就很和平，他們分享了很多東西。你信任這個人類嗎？

我信任我的男孩。

他會照顧她嗎？

會。佩克斯非常確定。

布莉索覺得安慰了一點。

可是他們的家不再完整了。

佩克斯和布莉索帶領孩子們一起悲傷呼喊。雖然狐狸寶寶兄弟從來沒聽過，卻是他們與生俱來就存放在喉嚨裡的呼喊。

過了一會兒，朗特現身，他大步跑過來加入。五隻狐狸佇立著，毛皮貼著毛皮，發出哀號，呼喊、悲唱著自己的失落，以及這個世界所有的失落，同時，他們也歌頌著依然在世界上流轉的喜悅。

44

彼得放下帆布袋，盯著小屋。

一根屋椽上懸掛著一個鳥巢，就像某隻鳥宣布此地是多麼美好的居所。他在煤渣臺階旁種的山月桂樹，邊緣長了許多新葉。當初離開時，門框的木頭還展露新綠，離開六個禮拜後，已經蒙受風吹雨打的痕跡了。

他有很強的衝動，想抓住門把，進到屋裡，可是彼得抗拒著自己的衝動。這不是他家，還不是。

他用手拂過幾根原木。每根木頭都一如往常筆直，沒有任何一根縮水，不過，他留意到窗框下有塊汙漬凸出來了。

他從後口袋抽出折刀，然後暫停了所有動作，忍不住露出微笑。山謬爾好愛他送的那把刀——這把刀的孿生兄弟，是爸爸的折刀。打磨、磨利後，就跟新的一樣。小玉也很喜歡她的結婚禮物——媽媽珍愛的枴杖糖條紋羊毛襪。可是真正的禮物，是這件事讓彼得感受到，能與懂得欣賞的人分享這些紀念物的美好。這跟爸媽還在世的感覺當然不一樣，不過這樣做，讓彼得感到他們還是很重要。

他翻開折刀，削除多餘的汙漬。

接著，他繼續工作。他挖掉一塊灰泥，直到清理完一處縫隙為止。彼得透過縫隙看見屋裡一片被陽光打磨過的地板，他幾乎聽見這個家輕輕吐出一口氣的聲音了。

不，不是他的家，還不是。

他沿著小徑往前。不過每走一步，他就益發感到不確定。那樣離開以後，佛拉要怎麼歡迎他？在他講過那麼差勁的話以後……雖然他在說謊。還有，在卡車裡的那一刻之後……佛拉說他就像家人，他卻反咬她一口，否認……

走到佛拉家的花崗岩臺階時，他想要逃跑了。不過，太遲了。

佛拉正在爐子邊，攪拌著鍋子裡的什麼，他走上臺階時，她轉向了紗門。彼得看見她用圍裙遮住臉，他真希望自己知道……佛拉究竟只是在抹掉麵粉還是淚水？

因為他突然覺得自己快哭了。

接著佛拉舉起手臂，招手要他進屋裡。

他拿下背包，抵在門框上，再拉開門，跨過門檻。

佛拉朝他靠近一步，感覺那一步彷彿是一個問句。「你回來了。」

「對啊。」彼得說，又往屋裡走了一步，這一步彷彿也是一個問句。

彼得聞著浸在肉桂裡的水蜜桃味，還有奶油融化的味道，突然感覺自己餓壞了。

佛拉似乎也猜到了。「也許我該多安排一個座位？」

「也許喔，拜託了。」

「我得先警告你唷，你爺爺有可能會來。」

彼得搜尋著她表情中的含意。

「每個禮拜天下午，就像設了鬧鐘似的。說他是來幫忙，可是、嗯……我讓他那樣說啦。他已經幫我重新鋪好穀倉的屋頂，而且每次都剛好在準備吃晚餐的時候完成工作。」

「他每個禮拜都跟妳一起吃飯？」

「是喔，可是他不是為了食物而來。他會帶來一整個禮拜的報紙，把所有關於水戰士的文章圈起來，我煮菜的時候，他就大聲念出這些文章，接著他會想著你可能在做些什麼。發現這裡有位驚喜訪客，他一定會很興奮！」

「嗯，事實上……是兩位驚喜訪客唷，我帶了一位客人。」

佛拉越過彼得的肩膀，看向紗門外。

「不是啦，」彼得說：「不是那樣。」他打開門，把背包拿進屋裡。看見好奇的小臉蛋往外張望時，佛拉驚訝得倒抽了一口氣。

彼得把扭來扭去的那團紅棕色毛球抓出來。狐狸寶寶舔了舔彼得的臉，像是在保證她不會惹麻煩，接著不停踢腳，想要下來。

彼得把她放在地板上，她立刻開始仔細檢查佛拉的腳和她的義肢。她翻動耳朵，就像對兩樣東西都很滿意，然後就蹦蹦跳跳的跑去探索廚房。

彼得笑了。「她想知道所有正在進行的事。」

他們看著狐狸寶寶大搖大擺的繞著廚房走。到水槽旁邊的時候，她完全停了下來，用後腿站起來，瘋狂的嗅聞著空氣中的味道。

彼得再次大笑。「流理臺上有蛋。她喜歡蛋，就跟她爸爸一樣。」

彼得並不感覺痛苦。超過一年以來，這是第一次，他提到佩克斯卻不感到難受。「妳得小心囉——她在一公里外也聞得到蛋的味道，每次我轉身，都有某個水戰士在餵她吃蛋。」

「她看起來很餓。」佛拉說：「最好給她幾顆蛋。」

彼得拿了一個盤子，打了一顆蛋到盤子裡。這時候，他想起小玉對山雀多好。他把盤子拿給佛拉。「妳來餵，」他說：「如果我們要住在這兒，她就得認識妳。」

佛拉接過盤子，可是她僵住了。「所以……你，男孩？打算住在這兒嗎？」

彼得終於講出他一直吞回肚子的話。「佛拉，妳不是我媽媽，感覺卻像我的家人。我跟妳待在這裡很好、很安全，我需要這樣，我爸媽也會很高興。所以，如果妳上次的提議還有效的話……」

「提議？什麼提議？」

彼得感覺自己的心七上八下。「永遠待在這裡……把這裡當成我的家。妳說過，我以為妳說……」

「噢，不對、不對、不對，那不是提議，我是在告訴你我準備怎麼做。我已經擬好法律文件，土地已經是你的了。」

彼得又能呼吸了，還擦掉了一些眼淚。「謝謝妳。」

「你要留下來。」佛拉輕柔的說，彷彿這是一個奇蹟，接著她也抹了抹自己臉上的眼淚，他們兩個都微笑了。

這時候，狐狸寶寶發出了一個小小、尖銳的聲音，像是在說她怎麼被冷落那麼久。佛拉放下盤子，伸出一隻手撫摸狐狸寶寶的背，又抬頭望著彼得。

「沒關係的，」他告訴佛拉。「她很喜歡跟人相處。佩克斯只認識我和我爸，任何人都會讓他受到驚嚇，可是這個小傢伙已經跟一百個水戰士做過朋友了。」

狐狸寶寶清盤以後，很客氣的舔了佛拉的腳踝一下表達謝意，就又走開了。

「她跛腳嗎？」佛拉問。

「一點點，之前更嚴重，現在幾乎看不出來了，對不對？」

「她受傷了嗎？」

彼得把這個小小探險家撈起來，她正準備要突襲一支掃帚。「中毒了。我們發現是重金屬。她在我們還沒清掉河裡的汙染前喝下河水，我有個朋友小玉幫忙清除她體內的毒素，大部分啦。她永遠沒辦法跑得很快，我也不太確定她的聽力如何，所以她無法在大自然中存活，比她大的動物會殺了她。」

彼得把小狐狸貼在脖子邊，想著僅僅一個月前，他自己就是那隻幾乎要殺掉她的大動物。他放她下來，讓她蹦蹦跳跳的跑走。「不過她跟我在一起會過得很好。有妳，還有爺爺。當然啦，班、亞斯翠一定會瘋狂喜歡她的，還有……」

佛拉用力看了彼得一眼，讓他停下來，意思是她準備要問一個困難的問題，而且要他說實話。「這位『我不需要任何人先生』，到底發生了什麼事？」

彼得指著狐狸寶寶，她正在用佛拉沙發旁的一籃毛線纏住自己。「是她。」

佛拉蹲在籃子旁。她讓狐狸寶寶聞了聞自己手指的味道，再輕輕撫摸她的額頭。「謝謝妳唷，小……？」佛拉抬頭看著彼得。「你幫她取名字了嗎？」

彼得搖搖頭。「她已經幫自己取名字啦。佛拉，這是溜溜。」

「溜溜？所以她是自己溜進來的嗎？」

彼得點點頭。「她就這樣溜進來了，我根本沒看到她耶。」

專家賞析

最脆弱的小生命激發最強韌的愛

曾品方（教育部閱讀推手、萬興國小圖書館老師）

《回家》是《彼得與他的寶貝》的續作，承接前作的雙線敘事，分別從狐狸佩克斯、男孩彼得的視角輪流說故事，並且都由狐狸的口吻開場。前作從佩克斯遭到遺棄為發端，一開頭就讓讀者感到揪心，進而引發想要一探究竟的好奇；續作則是從佩克斯迎接新生命來破題，作者寫道：**他開始奔跑。這一次，他奔跑是因為如果不奔跑，他的心就要爆開了。**簡單幾個字，巧妙的連接起前後作之中，佩克斯奔跑的意象，前者是遭遇背叛的打擊，後者則是新生的雀躍。前後作都是一樣的狐狸、一樣的奔跑，卻有截然不同的心情，狐狸的形象立體鮮明，緊緊抓住讀者的目光。

自從彼得和佩克斯不得不告別以來，看似各自過著自己的生活，再也無交集，但是對於家的渴望，對於愛的追尋，又都是如此相似。他們面對許多考驗，在重重難關之中，基於過往的共同記憶，讓他們即使歷經了失落和悲傷，但也增強了勇氣和智慧。彼得面對戰爭的殘酷，失去了親愛的父親和狐狸，從此緊閉心扉，拒絕任何善意的關懷，但內心最柔軟的角落始終保留給家人、給佩克斯。他透過參與「水戰士」這個組織，加入清理水源汙染的偵察，努力復原戰爭帶給大地的破壞，讓世界回到正軌，同時也修補了自己內心的缺口。彼得從水戰士獲得的知識和友誼，協助救回佩克斯的小女兒溜溜，讓生命得以延續，讓愛得以傳承，讓彼得、佩克斯和溜溜都回到溫暖的家。

本書故事結構縝密，情節環環相扣，作者莎拉・潘尼帕克描述景物生動又充滿感情，對於人、動物、大自然環境之間的相依相存，一字一句都情真意切，躍然於紙上。她擅長運用具體的事物，比喻抽象的情緒感受，例如：**樹結原本就是這樣——鬼鬼祟祟，躲藏在表面下……記憶是如此狡詐，永遠潛伏在表面之下，不留神的時候在你心上劃開一道口子。**從樹結到記憶，從隱藏到現身，烘托出一步接著一步的緊逼迫切氛圍，扣人心弦。此外，作者也善用空間感、事件線索來製造懸疑，例如彼得和佩克斯明明在同一座山頭、同一處河流，彼此忽近忽遠，能否相見？字裡行間留下的蛛絲馬跡，讓讀者細細推敲。又如佩克斯在不知情的狀況之下，讓小女兒喝下有毒的水；彼得舉起獵槍瞄準了背包裡的狐狸寶寶，這些令人屏息的畫面，都讓讀者看到了最脆弱的小生命，激發起最強韌的愛。

《回家》很適合融入中小學的生命教育、環境教育，舉例而言，當彼得經歷佩克斯的棉花糖受傷事件之後，領悟到「你可以用完全不同的觀點，看待同一件事」，契合生命教育的哲學思考。建議教師可運用第二十章的故事，引導學生進行理性反思，提升多元觀點、同理傾聽的能力，以促進理性溝通與對話。在環境教育方面，由於作者描述大自然的景象、動植物生態，處處活潑靈動、栩栩如生，可提供學生取材描繪場景，發揮想像力，將文字轉化成圖像，以覺察生物生命的美與價值，進而啟發對環境的關懷、對生命的尊重。

整體而言，這是一個關於信任與背叛、責怪與原諒、傷害與修復的故事。一人一狐，在天地悠悠之間，無論是戰火蔓延，或是大地變色，都堅定的許下真誠守護、一生不變的承諾。

故事館
回家【《彼得與他的寶貝》暖心續作】
小麥田 Pax, Journey Home

作　　者　莎拉・潘尼帕克 Sara Pennypacker
繪　　者　雍・卡拉森 Jon Klassen
封面設計　達　姆
美術編排　張彩梅
校　　對　陳玟君
責任編輯　汪郁潔

國際版權　吳玲緯　楊　靜
行　　銷　闕志勳　吳宇軒　余一霞
業　　務　李再星　李振東　陳美燕
總 編 輯　巫維珍
編輯總監　劉麗真
發 行 人　凃玉雲
出　　版　小麥田出版
10483臺北市中山區民生東路二段141號5樓
電話：(02) 2500-7696
傳真：(02) 2500-1967
發　　行　英屬蓋曼群島商家庭傳媒股份有限公司
城邦分公司
10483臺北市中山區民生東路二段141號11樓
網址：http://www.cite.com.tw
客服專線：(02) 2500-7718｜2500-7719
24小時傳真專線：(02) 2500-1990｜2500-1991
服務時間：週一至週五09:30-12:00｜13:30-17:00
劃撥帳號：19863813　戶名：書虫股份有限公司
讀者服務信箱：service@readingclub.com.tw
香港發行所　城邦(香港)出版集團有限公司
香港九龍九龍城土瓜灣道86號順聯工業大廈6樓A室
電話：(852) 25086231　傳真：(852) 25789337
E-MAIL：hkcite@biznetvigator.com
馬新發行所　城邦(馬新)出版集團 Cite (M) Sdn Bhd.
41, Jalan Radin Anum, Bandar Baru Sri Petaling,
57000 Kuala Lumpur, Malaysia.
電話：(603) 9056 3833　傳真：(603) 9057 6622
讀者服務信箱：services@cite.my
麥田部落格　http://ryefield.pixnet.net
印　　刷　前進股份有限公司
初　　版　2024年01月
售　　價　340元
ISBN：978-626-7281-44-4
EISBN：9786267281437 (EPUB)

國家圖書館出版品預行編目資料

回家：《彼得與他的寶貝》暖心續作／莎拉・潘尼帕克（Sara Pennypacker）作；雍・卡拉森（Jon Klassen）繪；黃筱茵譯. -- 初版. -- 臺北市：小麥田出版：英屬蓋曼群島商家庭傳媒股份有限公司城邦分公司發行, 2024.01
面；　公分. --（小麥田故事館）
譯自：Pax, journey home
ISBN 978-626-7281-44-4（平裝）

874.59　　112017425